Ein neuer Freund

eine Erzählung aus der nahen Zukunft

das Cover zeigt einen Nao-Robot von Aldebaran
Robotics aus dem Jahr 2014

Herstellung und Verlag:
BoD - Books on Demand, Norderstedt
ISBN 978-3-7528-2092-8

Teil I

Ich habe mich dann doch nicht erschossen, sondern einen Hasegawa 23C bestellt. Nicht ganz billig mit 59000 Euro, aber der Hasegawa 23C stellt in der gehobenen Mittelklasse der Haus- und Pflegeroboter eine gewisse Größe dar. Ich habe viele Testberichte studiert und gab schließlich dem Hasegawa den Vorzug, obwohl er gut zehntausend Euro teurer ist als der Yamashita.

Die Beretta liegt mehr oder weniger ungenutzt in der Schublade. Das Magazin enthält noch einen Schuss, die anderen habe ich probeweise abgegeben, um ein Gefühl für das Ding zu kriegen, aber wenn sie zum Einsatz gekommen wäre, hätte ich das Gefühl nicht wirklich mehr gebraucht. Obgleich, es ist nicht trivial, zum richtigen Abschluss zu kommen.

Ich habe über geeignete Techniken recherchiert und die Schilderung gewisser Unfälle war dann eher abschreckend. In eine Filiale von Dignitas zu gehen, um sich dort umbringen zu lassen, mochte ich auch nicht. Dieser multinationale Konzern sollte an meinem Tod nicht verdienen. Bin ich feige?

Gewissermaßen ja, allerdings gehört auch Mut dazu, sich seinen unheilbaren Krankheiten zu stellen, aber die nicht unmittelbare Zukunft ist fern und es bleibt eine Restnaivität, um die unaufhaltsame Katastrophe zu verdrängen.

Dabei habe ich alles hautnah miterlebt, bei den Eltern. Beide Elternteile wurden im vergleichsweise hohen Alter durch degenerative Nervenkrankheiten zerstört. Vater durch Parkinson, verknüpft mit einer starken Senilität und Mutter durch Alzheimer, aber genau diagnostiziert worden ist das damals nicht. Alles liegt nun mehr als zwanzig Jahre zurück und die Erinnerungen verblassen.

Ich habe sie gepflegt, beziehungsweise die Pflege organisiert, war ständig bei den Eltern.

Bei mir fing es früher an, zuerst Parkinson und kurz vor meinem 80. Geburtstag kam dann die Diagnose Alzheimer hinzu. In meinem Alter waren meine Eltern noch sehr rüstig, fit, wie man sagt, aber bei all dem Alkohol, den Zigaretten und den Psychopharmaka, die ich zu mir genommen habe, ist es kein Wunder, dass die Degeneration früher eintritt.

Die Mittelchen gegen diese Krankheiten sind besser geworden, bleiben aber auch im Jahr 2036 Mittelchen, die den Ablauf der Krankheiten etwas verlangsamen.

Mit der neuen Diagnose erinnerte ich mich wieder stärker an Mutter, an ihre wunderlichen Spleens, die sie entwickelte. Ich war ihr zwei Jahre älterer Bruder, und wenn ich meinen Ausweis vorlegte, als Beweis, dass sie 32 Jahre älter war als ich, sagte sie, der sei gefälscht.

Das Geschäft, indem sie als Mädchen während der Naziherrschaft eine Ausbildung gemacht hatte, spielte eine sehr große Rolle und die polnischen Pflegekräfte, die ich für meine Eltern organisiert hatte, waren schließlich Mitarbeiterinnen dieses Ladens. Gleichwohl hatte sie ihre klaren Momente und ich versuchte mich darin, mich mit ihr zu unterhalten, intensiver dann in einer Zeit, als mein Vater schon tot war.

Abhängig von der Sache hielt ihr Gedächtnis nur wenige Sekunden bis mehrere Tage vor. Ich wunderte mich darüber, dass ihr wirres Reden immer die gleichen Motive aufwies. Immer wieder wollte sie nach Hause fahren, in das Reich ihrer Kindheit und meine Überzeugungsarbeit, dass ihre Eltern, alle Verwandten, tot seien, gelang manchmal, aber nicht immer.

Meine Mutter schien meine Alltagssorgen zu begreifen, ihr gelang es spielend für fast jeden Buchstaben einen weiblichen oder männlichen Vornamen aufzusagen, aber irgendetwas an ihrer Realität stimmte nicht mehr. Obwohl sie ja zu Hause war, erkannte sie das nicht, erfragte jedes Mal den Weg zur Toilette, und obwohl sie ihren Aufenthalt nicht als zu Hause erkannte, kannte sie jedes Detail in ihrer Wohnung, ob Möbel oder das große Gemälde im Wohnzimmer.

Sie erfand Geschichten, wie die Dinge hierher gekommen waren oder sagte „Solche Bilder gibt es viele" oder „So einen Schrank haben wir auch zu Hause" und wenn ich sie nach der Straße fragte, wo sie wohne und anschließend sagte, dieses Haus stände in dieser Straße, sagte sie, dass es von diesen Straßen mit diesem Namen viele gäbe, was definitiv nicht stimmte.

Bei meiner Mutter verlief die Krankheit langsam, im Gegensatz zu meiner Tante, die innerhalb eines Jahres zu einem Nichts wurde, jedenfalls von Außen gesehen und in diesem „Nicht-Sein-Zustand noch dreizehn Jahren vor sich hin dämmerte.

Kurz nach meiner Diagnose habe ich den Kontakt zu meinem früheren Arbeitskollegen Andreas aufgenommen, der immer schon Waffennarr war, der immer der Überzeugung war, dass die Waffen nicht das Problem seien, der das Gewaltmonopol des Staats in Gefahr sah, aber sich selbst hoch aufrüstete, in dem naiven Glauben, dass wenn die Guten, die Anständigen sich bewaffnen, dem Bösen, dem Verbrechen Einhalt geboten würde. Andreas konnte sich denken, wozu seine Beretta, die er für einen Freundschaftspreis hergab, gut sein würde. Im Prinzip waren seine Waffen alle registriert, bis auf ganz wenige wie diese Beretta, aber was ihn letztendlich zu dieser Straftat bewog, weiß ich nicht. Jedenfalls hat er die

Waffe vorher gründlich gereinigt, um keine Spuren zu hinterlassen.

Mir konnte es egal sein, eine Straftat zu begehen, es wäre eh die Letzte. Das Ding jagte mir aber dann Angst ein, nachdem ich mehrfach mit ihm Bekanntschaft geschlossen hatte. Schwer lag die Waffe in der Hand, ich führte sie an die Schläfe, steckte sie in den Mund. Der Rückstoß war nicht unerheblich.

Lieber Andreas, vielleicht steige ich in mein vollautomatisches Elektromobil und fahre nochmals in die Eifel und gebe dir das Ding zurück, aber mal abwarten, was Hasegawa dazu sagt. Vielleicht verdanke ich seinem angedeuteten Lächeln mein Leben, mein kleines bescheidenes Leben, das noch vor mir liegt.

Das Leben besteht immer aus dem Pool der Erinnerungen, die meinem Hier und Jetzt zur Verfügung stehen, dem Hier und Jetzt und dem zukünftigen, dem Potenziellen, das, was noch kommen kann.

Die Krankheit wird die Zukunft zerstören, aber ebenso die Vergangenheit und schließlich wird mein Hier und Jetzt gnadenlos isoliert – keine Vergangenheit, keine Zukunft – und erbärmlich hilflos sein.

Hast du Alzheimer, wirst du gemieden, Bekannte interessieren sich nicht mehr für dich; ich hab das an meiner Mutter gesehen.

Der Hasegawa kann etwas lächeln und ich bin noch gespannt, was er sonst noch kann. Ich habe schon früh die Entwicklung der Robotik verfolgt, vielleicht, weil ich an eine Möglichkeit von Pflege gedacht hatte, aber auch, weil ich im Laufe meines Lebens immer einsamer wurde. Vielleicht steckt ein kleiner Japaner in mir, der auch tote Dinge beseelt sieht.

Ich hatte dann nach meinem Entschluss weiterzuleben, beschlossen, zusammen mit einem Hasegawa, Tagebuch zu schreiben. Dabei lege ich weniger Wert auf Gedanken und Philosophien, sondern auf die kleinen Details, die ich erlebe, um später mein Erinnerungsvermögen zu überprüfen.

Aber ich erlebe wenig, vielleicht die herausragenden Nachrichten, denn ich habe immer noch nicht aufgehört, Nachrichten zu sehen, obwohl sie nie erbaulich waren und die Realität der Welt nur wenig mit meiner zu tun hat; mich betreffende Gesetzesänderungen werde ich schon bemerken. Ich wollte aber nicht nur Tagebuch schreiben, sondern auch meinen letzten Roman.

Der Hasegawa hatte eine Lieferzeit von sechs Wochen; die Nachfrage ist doch recht groß. Beim Kauf muss man sich etwas Zeit nehmen, denn man hat viele Möglichkeiten einen Hasegawa zu konfigurieren. Insbesondere das Äußere sollte ja ansprechend sein. Das Aussehen des Hasegawa ist später nur schlecht veränderbar. Grundsätzlich kann man die Maschinenvariante, die Menschenvariante oder die Fantasyfigur wählen, wobei sich die Proportionen beeinflussen lassen. Sie erinnern bei der von mir gewählten, menschlichen Variante entfernt an einen Sumoringer.

Der menschliche Hasegawa kennt natürlich zwei Geschlechter, und da die Figur eines Hasegawas nicht unbedingt meinem Schönheitsideal entspricht, habe ich einen männlichen Hasegawa konfiguriert. Ich habe einen eurasischen Gesichtstypus gewählt, die Hautfarbe ist eher weiß, denn ich wollte jede mögliche Interpretation von Rassismus verhindern.

Mein Hasegawa ist mein Diener, im Grunde mein Sklave,

denn er wird mir gehören. Auf keinen Fall soll es ein schwarzer Hasegawa sein.

Zeiten des Rassismus sind in unserer Gesellschaft längst nicht passe, prekäre Jobs werden immer noch besonders häufig mit Farbigen besetzt.

Es gibt noch die südländischen Reinigungskräfte, Bedienungen, Zusteller; nicht alle wurden von Roboter ersetzt. Der untere Rand der Dienstleistungsgesellschaft ist das Los vieler Migranten und inwieweit dies auf das kollektive Unbewusste dieser Gesellschaft wirkt, ist mir nicht klar.

Selbst das scheinbare Alter eines Hasegawas kann man konfigurieren. Mein Hasegawa sieht etwa nach 60 aus. Zuerst wollte ich wie die meisten einen jüngeren Gesichtstypus kreieren, aber dann gefiel mir die Idee eines älteren Hasegawas besser. Ganz so alt sollte er nicht sein, damit ich nicht zu sehr an mein eigenes fortgeschrittenes Alter erinnert werde. Aber es sollte ein sehr erwachsener, reifer Roboter sein.

Ich selbst war ja gefühlt mein ganzes Leben lang ein Kindskopf, wenn gleich ich mit spätestens sechzig eine Respektsperson gewesen sein muss: jedenfalls das sichtbare Alter, meine Körpergröße und Übergewicht suggerierten mir das, diese Möglichkeit der Wahrnehmung durch die Anderen.

Ich war also mit fünfzig, sechzig Respektsperson, gleichsam wird man von den wesentlich Jüngeren nicht mehr ernst genommen, weil man längst zum alten Eisen gehört und den Zenit der eigenen Leistungsfähigkeit längst überschritten hat.

Ich kratze hier nur an der Oberfläche des Problems, vereinfache.

Manchmal war es für mich ein Trost, dass Schriftsteller bis ins hohe Alter produktiv sein können, während man bei den Schachspielern oder zum Beispiel Physikern davon ausgehen kann, dass sie ihre größten Leistungen vor ihrem dreißigsten, spätestens vierzigsten Lebensjahr vollbracht haben.

Ich war Schriftsteller, aber kein besonders guter; jedenfalls war ich nie in irgendeiner Weise erfolgreich und konnte zeitlebens nicht annähernd von den Tantiemen meinen Lebensunterhalt bestreiten.

Ich habe es nicht aufgegeben zu schreiben und gewissermaßen suche ich einen Neuanfang, denn nachdem in den letzten Jahrzehnten meine Geschichten von Jahr zu Jahr düsterer wurden, träume ich jetzt von einem optimistischen Roman, der an einem Ort fernab all der Probleme spielen soll, nicht unbedingt in einem fiktiven Schlaraffenland, aber losgelöst von den individuellen und kollektiven Dramen, mit dem immanenten Wahnsinn, die unsere Welt als Nebenwirkung mitliefert. Aber ich wollte nicht ablenken. Der Hasegawa ist um die sechzig. Sein Outfit sollte nicht nachlässig wirken, so wie das bei mir oft war, sodass ich vielleicht auch mit 60 oft nicht wie eine Respektsperson wirkte.

Die Rolle einer Respektsperson war mir dann spätestens angenehm, als die Leute begannen, häufiger zu grüßen. Die Rolle des Freaks hatte mir nie gelegen; schließlich kam ich mir vor wie ein enfant terrible, reifere Züge machten mein einsames Leben erträglicher und das entfant terrible oder der Freak tauchten nur in meinen Büchern auf.

Wenn man älter wird, verliert man oft an Radikalität, weil man resigniert hat, beziehungsweise zur Einsicht gekommen ist, dass man keine Lösungen hat, die

Gesellschaft zu revolutionieren. Schlimmer noch, wäre ich ein Politiker mit großem Einfluss, würde ich kläglich versagen.

In meiner Jugend hatte ich fast anarchistische Ideale: Die Produktionsmittel sollten allen gehören, alles unter dem Motto des naiven „Keine Macht für Niemand". Ich weiß heute nicht, ob, wenn fast alle Mitglieder der Gesellschaft diese Ideen gut finden würden und bereit wären, unter solch märchenhaften Verhältnissen zu leben, ob diese Gesellschaft überlebensfähig wäre oder ökonomisch grandios scheitern würde.

Kommunismus, selbst naiver Urkommunismus war schon damals für mich mit Begriffen wie Staatsdiktatur, Totalitarismus und Stalinismus besetzt, die wenigen Monate der Kommunen im katalanischen Spanien während des Bürgerkrieges machten Mut, aber „Keine Macht für Niemand", was für eine naive Utopie, auch die katalanischen Revolutionäre wurden geführt von Leuten wie Durruti.

Später habe ich nicht das gewählt, womit ich mich identifizieren konnte, sondern, was mir als gesellschaftlich möglich erschien und ein bisschen in die Richtung meiner Ideale ging. Ich habe der Revolution keine Chance gegeben und sie nie unterstützt. Aber welche Reförmchen schließlich die Richtigen sind, wusste ich auch nicht.

So gesehen bin ich ein völlig unpolitischer Mensch geworden, der keine Antworten kennt. Ein bisschen Umweltschutz ist vielleicht gut, zu viel könnte schaden, die Wirtschaft ruinieren und zur Unruhe führen. Eine Umverteilung von oben nach unten, eine gerechte Steuer, könnte die Wirtschaft lähmen und zu Unruhen führen.

Auch in späten Jahren habe ich nichts mehr gefürchtet als Faschismus, auch den Netz-Faschismus, egal, ob von links oder rechts kommend. Stalinismus ist eine perfide Art von Faschismus.

Wenn ich in prekären Armutsverhältnissen gelebt hätte, irgendwo in Afrika, Asien oder auf dem Balkan, hätte ich dies vielleicht anders gesehen, aber ich war immer Bürger der relativ wohlhabenden Bundesrepublik Deutschland, immer ein Bürger ohne wirkliche Geldnöte.

Der Rechtsruck der letzten zwanzig Jahre ist unübersehbar, die Freiheiten aufgrund von sogenannten Sachzwängen eingeschränkt, aber man hat mich meine kleinen Romane schreiben lassen. Ich konnte sie veröffentlichen, obgleich sich meine Protagonisten am Rande der Legalität oder jenseits davon bewegen. Zweitausend verkaufte Exemplare stellen auch keine gesellschaftliche Bedrohung dar. Meine Protagonisten haben schließlich auch alle resigniert, einen „inneren" Rückzug vorgenommen, sodass das Private auch hier wichtiger erscheint als das Politische.

Nach all diesen Niederlagen und dem drohenden geistigen und körperlichen Zerfall wäre es nur konsequent gewesen, mir mit der Pistole meines Bekannten eine Kugel in den Kopf zu schießen. Ich hatte beginnendes Alzheimer und stärker werdendes Parkinson, praktisch keine Freunde, jedenfalls keine sogenannten guten Freunde, keine nahestehenden Verwandten, natürlich keine Kinder, keine Frau.

An dem Tag, an dem ich mich fürs Weiterleben entschieden habe, habe ich kurzzeitig erwogen, eine Prostituierte zu ordern und in der nahen Apotheke Viagra zu besorgen, etwas, was meine Protagonisten schon in den Romanen gemacht haben, die ich vor mehr als zwanzig Jahre geschrieben habe.

Der Gedanke an eine nackte junge oder mittelalte Frau mit großen Brüsten beunruhigte mich dann doch mehr als das mich das Szenario anzog. Noch im Bett machte ich mir meine Vorstellungen, aber es gelang mir nicht, mich selbst zu befriedigen.

Von den großen Brüsten wechselte meine Fantasie zu den phantastischen Welten der Geschichte, die zu meinem neuen, vielleicht letzten Roman führen sollten. Es sollte ein sehr positiver Roman werden.

Ein Roman sollte natürlich ein Mindestmaß an Spannung besitzen. Spannung muss man mit einer Bedrohung, mit Kämpfen, mit Verbrechen oder Ähnlichem aufbauen; das ist jedenfalls das Übliche, daneben steht noch die sexuelle Spannung. Aber wie sollte ich einen spannenden Roman schreiben, in dem alles gut war? Brauchte ich das Böse für die Spannung?

Wenn ich mir die Formulierungen in den Romanen und Erzählungen anschaue, die ich vor dreißig, vierzig Jahren geschrieben habe, wunder ich mich zum einem, dass ich das war, der das geschrieben hat, und glaube, solche Sätze nicht mehr hinzukriegen.

Es fehlt die Originalität und Kreativität, so scheint mir. Vielleicht fehlen mir inzwischen die nötigen Sexualhormone, um mich in aberwitzige Assoziationen zu verlieren, die eine wichtige Säule meines Stils und meiner Geschichten waren.

Um zur Sublimierung zu gelangen, benötige ich einen Spiegel gewisser Hormone. Schon als ich 60 war, hat mir mein Urologe Testosteron-Präparate angeboten, da damals die Hormone schon merklich zurückgegangen waren.

Ich habe dankend abgelehnt; auf die Viagra-Generika wollte ich aber nicht verzichten, trotz der Kopfschmerzen, die meine Dates dann begleiteten.

Sachlicher, direkter, weniger verspielt, die Poesie des

Satzes vernachlässigend, konzentrierte ich mich mehr auf die Handlung meiner Werke, die Planung der Projekte wurde perfekter, aber sprachliche Phantasie und Assoziationen blieben auf der Strecke.

Tatsächlich gab es in den frühen Jahren eine eher fragwürdige Motivation, die mich zum kreativen Schreiben brachte: Ich wollte erfolgreich bei Frauen sein. Das ist natürlich Quatsch, ein Irrglauben: Selbst erfolgreiche Künstler haben genau so viele Beziehungsprobleme wie der Rest von uns.

Möglicherweise wird der Zugang zu eher oberflächlichen Sex erleichtert, aber das war sowieso nicht mein Ding, wenn gleich die „Erotik" in diesen Werken etwas anderes suggerieren.

Ich habe in meinen Werken immer mein anderes Selbst erfunden, ein vielleicht mögliches Selbst. In meinen Geschichten wimmelt es nur so von Prostituierten.

Ich selbst habe in meinem Leben nur zweimal Phasen gehabt, in denen ich die Dienste solcher Frauen suchte. Eine dritte Phase, zu meinem Lebensende kann ich definitiv nicht hundertprozentig ausschließen, sie ist eher sehr unwahrscheinlich, aber vielleicht gibt es ein definitiv letztes Mal.

Die Hormone peinigen nicht mehr, drängen nicht und auf die Potenzmittelchen mit den kleinen Nebenwirkungen habe ich keinen Bock.

„Nichts ist realer als Geschlechtsverkehr", sagt ein Protagonist in meinen Frühwerken. Ein Idiot, und wenn es so wäre, so käme ich doch ganz gut mit einem Leben zu Recht, was weniger real ist.

Gewisse Realitäten bedrohen mich: die Alzheimer-Wirklichkeit, die unmögliche Grobmotorik, die schließlich jegliche Kontrolle über Körperbewegungen verhindert.

Meine Gedanken verdüstern sich. Wo ist der Stoff, um alle Sorgen wegzudrücken. Alkohol im Übermaß zu trinken, traue ich mich nicht mehr. Cannabis versetzt mich in eine befremdliche Realität, in der die Probleme und Ängste noch größer erscheinen, außerdem ist es immer noch so gut wie verboten.

Ich erinnere mich an eine Geschichte, die ich etwa vor zwanzig Jahren geschrieben habe und in der ein alter Schriftsteller in nicht all zu weit entfernter Zukunft Alzheimer bekommt.

Die Medizin hat diese Krankheiten nicht in den Griff bekommen, genauso wenig hat die Gesellschaft den Zugang zu vielleicht helfenden Drogen legalisiert. Genauso ist es gekommen und mir erscheint die Geschichte heute wie self fulfilling prophecy, obgleich sie nur hundertmal verkauft wurde und somit zumindest gesellschaftlich keinen großen Einfluss haben konnte.

Es klingelt. Es klingelt bei mir nie. Wer kann das sein? Vielleicht ein Kobold-Vertreter oder vielleicht jemand, der eine Spende für den örtlichen Karnevalsverein einholt, aber dafür wär jetzt eigentlich nicht mehr die Zeit.

Ich mache die Tür auf und vor mir steht ein kräftiger Roboter.

„Guten Tag, Herr Milk. Wir haben ihren Hasegawa 23 C. Sie sind doch Henry Milk?"

„Ja, ich bin Henry Milk!"

Der Roboter bittet mich, meine Identifikationskarte scannen zu dürfen. Ich gebe meine Erlaubnis, und ohne dass ich sie aus meiner Hosentasche heraus kramen muss, zeigt sich der Roboter zufrieden. Zwei noch kräftiger wirkende Roboter bringen eine Art Sarg in meine Wohnung.

„Vor dem Anschalten bitte fünfzehn Minuten aufladen lassen."

Er zeigt mir die Steckdose am Sarg, gibt mir das Ladekabel, das ich selbstverständlich ans Hausnetz anschließen kann.

„Der Hasegawa wird sich selbstständig seinen Internetzugang konfigurieren. Sie müssen ihm nur ihren Zugangscode geben. Schalten sie ihn nur im Notfall aus."

Dann verschwinden die Roboter und schließen den Sarg oder sollte man besser sagen der Sarkophag ans Stromnetz an.

Das Material scheint tatsächlich aus Holz zu sein, ein Luxus, den man sich bei dem Preis des Hasegawa erlauben kann.

Jeder Hund sollte eine Hundehütte haben und offensichtlich braucht mein Hasegawa auch eine Ruhestätte. Einige Schnitzereien auf dem Sarkophag zeigen shintoistische und hinduistische Gottheiten.

Wie allgemein bekannt ist, wandte sich der ältere Hasegawa dem Hinduismus zu, ohne seine shintoistischen Wurzeln zu leugnen.

Ich wusste natürlich, dass sie mir diesen Sarg in die Wohnung stellen würden, und hatte für entsprechenden Platz gesorgt und einiges im Vorfeld umgeräumt.

Ich wusste auch, dass der Hasegawa 23 C selbstständig den Sarkophag öffnen würde; er würde selbstständig aus ihm hinaus klettern. Vermutlich wäre er für mich viel zu schwer, um ihn aus dem Sarkophag zu hieven.

Gewissermaßen stellt dieses Aktivieren des Hasegawas, das Steigen aus einem Sarkophag eine Art Demonstration dar, die die Großartigkeit der japanischen Ingenieurskunst belegen soll, obgleich mir wird niemand erklären können, wieso ein Hasegawa einen Sarkophag benötigt; man kann ihn ja auch so ans Stromnetz anschließen, aber die Japaner sind ja bekannt für ihre Skurrilität. Möglicherweise hat der Sarkophag ja einen technischen Hintergrund, den ich nicht kenne.

Da ich nicht untätig warten will und auch einen leichten Hunger verspüre, bereite ich mir in der Küche eine Portion gebratene Nudeln mit Tenyaki-Sauce zu.

Vielleicht ist dies das letzte Mal, dass ich selber was koche, etwas, was ich eigentlich ganz gerne getan habe, obgleich ich mir nie die Mühe gemacht habe, daraus eine Kunst zu machen. Meine Gerichte blieben einfach, aber für mich schmackhaft.

Ich bin sehr häufig in Restaurants, in denen ich alleine esse, weil ich keine Freunde habe, mit denen ich dies teilen könnte. Ich schätze Kochen, und Essen gehen und Kochen halten sich die Waage. Möglicherweise kocht der Hasegawa auch schlecht, sodass ich angewiesen wäre, weiter zu kochen, aber das halte ich für unwahrscheinlich.

Der Hasegawa wird der perfekte Butler sein, der perfekte Dienstbote und ebenso ein perfekter Koch, dem ich wohl klar machen kann, was mir schmeckt, ohne dass er ein wirkliches Bewusstsein darüber entwickeln kann, was schmecken ist.

Vielleicht erübrigen sich die Restaurantbesuche, aber ich denke, ich werde schon aus Trotz hin und wieder diese öffentlichen Plätze alleine besetzen, eine Art stille Gesellschaftskritik, wenn ich alleine und isoliert mein Mal zu mir nehme und nur über die Freundlichkeit der Bedienenden verfüge, die gekaufte Freundlichkeit, aber oftmals, je nach Wahl des Restaurants, sind dies auch Roboter.

Dennoch lege ich Wert auf gepflegte Umgangsformen,

wenn auch von Robotern dargebracht.

Ich freue mich auf meinen Hasegawa und würde am liebsten einen Blick in den Sarg werfen. Ich werde vielleicht nicht mehr einsam sein, der Alltag wird für mich leichter und die Beretta werde ich für absehbare Zeit nicht benötigen.

Die Nudeln sind gleich fertig. Schade, dass ich mein Essen mit dem Hasegawa nicht teilen kann, aber vielleicht können wir ja anregende Gespräche über Essen führen.

Oben auf der Schädelplatte hat der Hasegawa einen Ein-Aus-Schaltknopf. Die Mindestzeit für die Aufladung ist verstrichen. Ein paar Lämpchen leuchten auf, seine Gesichtszüge versuchen ein Lächeln zu imitieren, ganz gut gelungen und der freundliche Ausdruck auf seinem Gesicht nimmt garantiert jedem die Furcht, ein Vampir könne hier aus seiner Gruft steigen. Ich konnte nicht ganz folgen, wie er es schafft, aus seinem Sarg zu steigen, aber ich werde ja vermutlich noch öfters die Gelegenheit bekommen, ihn dabei zu beobachten, bis ich verstanden habe, wie er dies macht.

Aus dem Sarg gestiegen, schaut er sich um, scheint sich orientieren zu wollen und guckt mich dann aber an und sagt „Konnichiwa"

Ich wiederhole diese japanische Begrüßungsformel „Konnichiwa". Mein Japanisch beschränkt sich ungefähr auf zehn Worte und dies gehört dazu.

„To iimasu" O genki desu ka"

„Ich verstehe dich nicht. Ich spreche kein Japanisch", sage ich.

„Konnichiwa O genki desu ka"

„Hier ist Deutschland. Du musst Deutsch sprechen."

„O genki desu ka"

Mir scheint, dass dieser Roboter keinen Pieps Deutsch sprechen wird. Er beginnt in meiner Wohnung herumzulaufen, verschwindet in den Zimmern, ich laufe ihm aber nicht hinterher. Er wird wohl meine Wohnung nicht auseinandernehmen. Als er zurück im Wohnzimmer ist, begrüßt er mich wieder mit der bekannten Formel.

„So geht das nicht, Hasegawa", er lässt sich aber in seinem Japanisch nicht beirren. Hat er eine Geistesstörung, einen Schaden?

Meine Berufserfahrung von früher sagt mir: „Reboot tut gut.

Ich nähere mich ihm und doch etwas furchtsam, betätige ich den Ein-Aus-Knopf.

„Sayonara", sagt er noch und steigt wieder in seinen Sarg; er schließt sogar den Deckel.

Auf der Internetseite von Hasegawa suche ich die Nummer der Hotline. Ich werde freundlich mit „Konnichiwa" begrüßt, gesprochen mit einer angenehmen, weiblichen Stimme, von der man nicht weiß, ob es eine Frauenstimme oder eine Maschinenstimme ist. Auch ein kurzes Gespräch wird mir darüber keine Auskunft geben, elektronische Hotline-Mitarbeiter bestehen spielerisch den Turing-Test. Es ist sehr wahrscheinlich, dass ich mit einer Maschine spreche, da macht es auch keinen Sinn, am Telefon emotional auszurasten.

Ich schildere ruhig das Problem und man gibt mir den Rat, den Roboter wieder einzuschalten. Etwas vorsichtig hebe ich den Sargdeckel und vervollständige den Reboot.

Der Supportmitarbeiter hatte mir gesagt, dass so ein „Sprachfehler" in ein von zehntausend Fällen vorkommen könne.

Leider weiß mein Hasegawa immer noch nicht, dass er mitten in Deutschland zum Einsatz kommt, das Spiel wiederholt sich. Gekonnt klettert der Roboter aus seinem Sarg, spricht japanisch, verzichtet aber darauf, sich in der Wohnung umzusehen, weil er das schon gemacht hat.

In mir steigt die Wut. Das darf bei so einem Hightech Produkt und seinem enormen Preis nicht passieren. In mir formen sich Überlegungen, vom Kauf zurückzutreten. Ohne weitere Angst schalte ich diesen japanischen Schwachkopf wieder aus, der daraufhin wieder in seinen Sarg verschwindet, wähle wieder die Nummer der Hotline und verlange einen Vorgesetzten und drohe, von dem Kauf zurückzutreten.

Man verbindet mich tatsächlich mit einer anderen Stimme, die aber vermutlich dem gleichen Programm entspringt, eine tiefe Baritonstimme spricht, die vertrauenswirkend sein soll.

Gewisse komplexe Formulierungen suggerieren technischen Sachverstand. Mit Ein-Aus-Schalter gebe ich mich nicht mehr zufrieden.

Die Stimme versichert mir, dass man einen Techniker vorbeischicken werde, innerhalb der nächsten zwei Stunden. Ich hatte ja den Premium-Servicevertrag abgeschlossen. Vermutlich würde selbst ein Hasegawa erscheinen und seinem Kumpanen auf Japanisch gut zureden.

Zwei Stunden zu warten, gefällt mir nicht. An sich hatte ich mir heute einen etwas ausgedehnten Spaziergang vorgestellt, soweit das mein gealterter, morbider Bewegungsapparat noch zulässt; eine gute Stunde schaffe ich noch manchmal, unter leichten Schmerzen und alles und jeder überholt mich. Es sind keine fünf Kilometer, die ich dabei zurücklege. Ohne Stock hätte ich größere

Probleme. Ein Rollator steht schon im Keller, den ich noch meide, wie der Teufel das Weihwasser. Ich will ihn nicht sehen.

Mein Vater begann einen in seinem achtundachtzigsten Lebensjahr zu benötigen, freundete sich mit ihm an, es war sein liebstes Ding, in dem Irrglauben, seine sich einschleichende Krankheit würde sich irgendwann zurückentwickeln.
Bis fast zu Letzt hat er daran geglaubt oder dies vorgegeben. Manchmal fragte er mich danach und ich war nicht imstande, ihm Hoffnung zu machen.
Meine Mutter lehnte den Rollator noch mit 92 ab, obwohl sie ihn benötigte, wenn sie mehr als zwanzig Meter gehen musste, aber sie saß ja meist in ihrem äußerst bequemen Sessel, der vielleicht auch das Wunder verbrachte, sie von ihren Rückenschmerzen zu befreien, die sie praktisch ihr ganzes Leben gepeinigt hatte, nur nicht zu Letzt.
Die Fitness meiner Eltern habe ich nicht, bei mir zeichnet sich ab, was bei ihnen fünf bis sieben Jahre später begann.
Der medizinische Fortschritt, der zwar nicht zu leugnen ist, aber von mir all die Jahre subjektiv wahrgenommen im frustrierenden Schneckentempo verläuft, mindert diese Zeitspanne vielleicht um zwei Jahre.
Kann froh sein, es bis hier hin geschafft zu haben, bei all der Fresssucht, dem Alkohol, dem Nikotinqualm und den kleinen Pillen, die ich in mich hineingestopft habe.
Ich traue mich nicht, den Spaziergang zu machen, der Wartungsservice könnte früher kommen. Vielleicht eine schnelle Partie Schach oder vielleicht eine Partie Go mit irgendeinem Unbekannten, vielleicht mit einem Japaner, der noch nicht zu Bett gegangen ist, der mich vermutlich nicht mit Japanisch begrüßen würde, sondern mit einem einfachen, internationalen hi. Wenn ich mich in völliger

Geistlosigkeit üben will, spiele ich Go. Das hat sich auch in all den Jahrzehnten, in denen ich die Regeln dieses Spiel beherrsche und mir eine gewisse Spielpraxis angeeignet habe, nicht geändert. Diese Spiele können auch eine Quelle des Ärgernisses sein, denn ich verliere nicht gern, dafür aber oft. Obwohl ich das Spiel nun sechzig Jahre kenne, werde ich immer noch als Anfänger eingestuft. Nein, heute kein Go.

Ich werde geduldig auf den Hasegawa-Techniker warten, vielleicht noch etwas surfen, etwas lesen, dass ich in wenigen Tagen sowieso vergessen habe, oder sind es nur Stunden?

Bald werde ich nur noch in einem Jetzt befinden, meine Gedanken werden sich vereinfachen, weil sie nicht mehr auf die Vorgängergedanken aufbauen können.

Möglicherweise werde ich aus der gelöcherten Erinnerung heraus noch einen Begriff, vielleicht eine vage Vorstellung von Zeit haben, aber ich werde völlig der Möglichkeit beraubt sein, sie zu erfahren. Vielleicht wird es ähnlich sein wie in einem Haschischrausch, bei dem das Zeitempfinden verändert oder sollte ich sagen gestört sein kann. Die Gedanken, die sich dort formen, sind so flüchtig wie die eines Alzheimer-Betroffenen.

Mutter hatte sich diesbezüglich nie geäußert, dass die Zeit sich für sie ins Unendliche ausdehnte, aber vielleicht kannte sie nichts anderes mehr.

Die Zeit richtig einordnen konnte sie nur noch, in dem sie auf ihre Uhr guckte, aber dieses Wissen reichte nicht lange. Sie verlor die Unterscheidung zwischen Morgen und Nachmittag.

Vermutlich werde ich mich in einer Stunde noch daran erinnern, dass ich auf einen Techniker von Hasegawa warte, vermutlich.

Ich mache etwas Musik. Hab mir das Klassik-Hören vor ungefähr einem Jahrzehnt etwas abgewöhnt, weil ich befürchtete, dass die alte Musik mich geistig alt macht, nach dem Aufstehen höre ich aber noch meinen Debussy. Bis dahin war meine Sammlung an Sinfonien und anderen Orchesterstücken stetig gewachsen.

Bei siebzig Jahre altem Jazz empfinde ich anders. Klassik ist alt und Jazz modern, für alle Zeiten. Manche Aufnahmen von Miles Davis habe ich nun auch schon mindestens hundertmal gehört und wie so oft wähle ich die „Green Dolphin Day".

Ich werde mich in Zukunft, wie es viele in der Vergangenheit mit Gedächtnisproblemen gemacht haben, mit Notizen behilflich sein müssen, überall Notizen auf Zetteln, denn ich fürchte, das wird nichts mit meinem Roman, wenn ich mich allein auf mein Gedächtnis verlassen muss.

Auch der gesunde Schriftsteller braucht Gedächtnisstützen, ich um so mehr. Ich werde für den neuen Roman mindestens ein Jahr benötigen.

 Einen Roman mit beginnendem Alzheimer zu schreiben, erscheint wie ein Abenteuer. Leichter wäre es vielleicht, in die Stilmuster der Postmoderne auszuweichen oder gleich ein surrealistisches Pamphlet zu schreiben.

Möglicherweise wiegen dann die Fehler und Widersprüche nicht so schwer und es ist nicht nötig, sich an einen Handlungsstrang zu erinnern. Beethoven hat taub die besten Sinfonien geschrieben, aber der Vergleich passt nicht, weil der ein Genie war und ich bin nicht größenwahnsinnig.

Ich stelle mir einen „positiven" Roman vor, ohne den Kulturpessimismus, der immer wieder in frühere Werke gefunden hatte, ein Buch ohne sexuelle Exzesse, mir fällt gerade nicht das richtige Wort ein. Der Dämon Sex hat in meinem Alterswerk aber auch gar nichts zu suchen und es entspricht auch meiner gefühlten Lebensrealität, dass dieser Dämon nur noch einen faden Schatten wirft.

Er hatte mich einst heimgesucht; keine derartigen Obsessionen – mir ist jetzt das gesuchte Wort eingefallen - in diesem Buch. Die Idee kam mir, eine Welt zu erfinden, zu beschreiben, in der die Protagonisten drei Geschlechter haben. Das kann den Leser verstören, aber in einer erotischen Weise anmachen wird ihn das nicht. Ich stelle mir eine Gesellschaft mit Frauen, Zwittern und Männchen vor. Die Frauen haben natürlich eine Scheide, aber die Zwitter neben ihrem Glied ebenso, nur die von ihrer Statur kleineren Männchen sind scheidenlos.

„Jedes Geschlecht „kann" mit jedem anderen, (natürlich wird es auch Homosexualität geben und der Verkehr zwischen den Zwittern sprengt diese Kategorisierung) und Zwitter können schwanger werden. Habe überlegt die Zwitter als „Männer" zu bezeichnen, denn wenn die wichtigste Figur des Romans als Zwitter bezeichnet wird, würde dies doch einen Fokus „Sexualität" schaffen. Der Leser, insbesondere die männlichen Leser sollen über weite Passagen des Romans verdrängen, dass diese „Männer" eigentlich zweigeschlechtlich sind.

Später kam mir noch die Idee, dass bei den Frauen und Zwittern eine spontane, natürliche Klonung möglich sein sollte, etwas eher Seltenes wie bei uns die Zwillingsgeburt. Die Männchen scheinen in diesem Plot etwas benachteiligt zu sein, da bei ihnen die spontane Klonung nicht möglich ist.

Fraglich war dann auch, ob ich die

Geschlechterunterschiede, die sich im sozialen Verhalten und in den sozialen Rollen ausdrücken, auf genetische oder kulturelle Einflüsse zurückführe.

Gleiches kann ich für unsere Welt ebenso wenig beantworten und die aktuelle Forschung ist sich da immer noch nicht einig, und Vorurteile und schon vorher vorhandene Positionen fließen in die jeweiligen Forschungsergebnisse, was natürlich jeder bestreitet, aber ich glaube, das ist immer noch so.

Ich bin mir nicht sicher, ob die Geschichte eine Affäre oder eine Liebelei haben darf, ich wäre nicht Henry Milk, wenn das nicht gefährlich ausufern könnte, auch wenn mein Hormonspiegel gnädig abgesenkt ist.

Ich erinnere mich ungern und mit größerem Ärger an „Vanilla High", einem Roman, der die Auseinandersetzung mit der Unsterblichkeit zum Thema haben sollte, daneben wollte ich noch das Faszinosum „Außerirdische in unserer Welt" einfließen lassen, aber dann baute ich in den Roman die obsessive Affäre mit einer gewissen Alina Magdalena Jablonski ein, sodass das eigentliche Thema unterging und jede Art von Leserschaft verstören musste: die, die einen philosophischen Science Fiction erwarteten und den anderen Teil, der sich anmachende Fickgeschichten erhoffte.

Also Vorsicht: Affären und Liebeleien müssen zurückhaltend dosiert sein.

Wenn ich während der Schreibphase auf die abwegige Idee kommen würde, eine Hure zu bestellen, könnte dann alles wieder in den alten Henry Milk Bahnen laufen.

Selbst an dem Tag, an dem ich beschlossen hatte, mich weiter leben zu lassen, habe ich auf ein solches Geschenk verzichtet. Wie lächerlich wäre es auch gewesen. Ich bin kein Martin Walser, obwohl ich mir natürlich wünschen würde, meine Sprache hätte einen ähnlich feinen Klang wie die seine. Vielleicht braucht man dafür die Affären oder zumindest die Phantasie, in solche sich zu verwickeln. Wie heißt das schwierige Wort, welches Ursachen für künstlerische Fähigkeiten beschreibt? Sublimierung.

Jedenfalls bin ich froh, dass ich mich mit einem Hasegawa beschenkt habe und nicht mit einem Reigen von Nuttenbesuchen, wie es bei mir vor zehn Jahren, ich abhängig wie ein Quartalssäufer, üblich war.

Der Trottel sollte nur richtig funktionieren oder sagen wir besser sich richtig verhalten, womit ich nicht implizieren will, dass alle die, die Japanisch sprechen, Trottel sind. Ich schaue auf den Sarg, der mir Hoffnung für mein weiteres Leben gibt.

Ich habe schon begonnen, für meinen Roman zu recherchieren. Mir kam die Idee, als ich im New Scientist einen Artikel über Exomonde las, Monde, die im fernen All um Planeten fremder Sonnen kreisen. Es gab vor einigen Jahren in der Presse die Behauptung, man habe einen Exomond nachgewiesen. Ich habe das damals nicht weiter verfolgt.

Die galileischen Monde, die großen Monde, die um Jupiter kreisen, sind sehr inspirierend: zum einem sind sie sehr groß und bekanntlich hat man auf Europa organische Verbindungen und Aminosäuren entdeckt; dann sehr faszinierend die Bahnresonanz der galileischen Monde. Die Bahndauer der Monde steht in einem einfachen Zahlenverhältnis.

Schon länger hat man über Leben auf Exomonde spekuliert und das war für mich das Spannende.

Für den astronomisch eher weniger bewanderten: Oft

werden jupiterähnliche Gasriesen als Planeten entdeckt, monströse Strukturen, die keinen Raum für Leben, wie wir es kennen, bieten; möglicherweise aber für einzelliges Leben oder gar sehr exotische Wesen, die in den unendlichen Atmosphären dieser Riesen tauchen, aber es wird dort keine Bäume geben, die sich mit ihrem Wurzelwerk im festen Erdboden verankern, keine Gazellen und Geparden, die durch Savannen streichen, denn es gibt den festen Boden nicht.

So ein Gasriese, so ein unwirtlicher Planet, kann sich aber in der sogenannten Lebenszone befinden und hiermit seine Monde.
Es spricht, glaube ich, nicht viel dagegen, dass es sehr große Monde gibt, Monde, in der Größe von der Erde. Spekuliert wurde über Leben auf Exomonde viel, aber meine Idee hatte ich bisher noch nie gefunden.
Bekanntlich zeigen Monde immer mit demselben „Gesicht" auf ihren Planeten, wie bei unserem Mond.
Ich bin ein bisschen stolz auf mich, dass mir die Idee auch mit achtzig kommen konnte.
Die Neue Welt war lange von Menschen nicht besiedelt und die Wikinger oder Columbus wären vielleicht wirklich die Ersten gewesen, gäbe es nicht die Beringstraße, die den Ureinwohner Amerikas den Weg gewiesen hatte.
Ich stellte mir eine spätmittelalterliche Gesellschaft vor, die gerade auf dem Sprung zur Neuzeit steht, eine Gesellschaft wie zu Marco Polos oder Columbus Zeit, die die halbe Welt nicht kennt, die noch vor der Erkenntnis steht, dass die Welt einer Kugel ähnelt. Was wäre, wenn die Wesen mit den drei Geschlechtern auf der dem Planeten abgewandten Seite leben würden?
Sie würden natürlich ihre Sonne kennen, aber den

Planeten, um der ihr Mond kreist, hätten sie nie gesehen. Die wichtigste Figur wäre eine Art Columbus, Magellan oder Marco Polo und er würde nicht nur seine Welt erkunden, sondern eine ganz grandiose Entdeckung machen, den Planeten, und dieser würde ihm tausendfach größer erscheinen als uns der Vollmond. Wie ein mystisches Wesen, wie ein Gott, würde dieses gigantische Ding über den Entdeckern schweben.

Ich bin ein bisschen verliebt in diese Idee.

Es besteht immer die Gefahr, einen Roman zu überfrachten, aber ich könnte mir für den Roman zwei Zeitebenen vorstellen, eine, die zur Zeit der Entdeckung spielt, eine andere, die in der Modernen spielt und neben diesem Mond und seinem Planeten, ich habe ihn Gawa genannt, gäbe es einen zweiten großen Mond mit intelligentem Leben, vielleicht mit aufrecht gehenden Reptilien – ein immer gern genommenes Motiv in der Science Fiction -, nun könnte ein weiteres Spannungsmotiv aufkommen, kriegerische oder friedliche Raumfahrt, denn die Distanzen sind nah.

Es ist eher unwahrscheinlich, dass in einem Planetensystem auf zwei Planeten vergleichbare Zivilisationen entstehen, denn ist der eine Planet in einer günstigen Lebenszone ist es der andere nicht. Bei Exomonden ist das anders und die Distanzen zueinander sind weitaus kürzer.

Wer weiß, ob ich diesen Roman je schreibe. Das Leben könnte mir einen Strich durch die Rechnung machen, meine Demenz schneller fortschreiten, als ich hoffe, ein unerwarteter Schlaganfall alles zunichtemachen, oder eine kürzere, aber dahin raffende Krebskrankheit.

In meinem Alter kommt der Tod schneller als man hofft. Aber wollte ich mir vor Kurzem nicht selbst das Leben nehmen?

Ich muss sagen, der selbstbestimmte Tod ist mir lieber als der aufoktroyierte, wobei man sich philosophisch darüber streiten kann, ob der Tod durch Krankheit ein selbstbestimmter Tod ist, immerhin hat der eigene Körper ihn zugelassen.

Ich denke, eine Krankheit ist dann eher unerwünscht. Muss man nicht haben.

Die größte Sorge bereitet mir die Demenz. Wird sie so sanft sein wie bei meiner Mutter, die mich zwar noch „gut" kannte und mich liebte, aber ich war ihr Bruder. Sie war gut versorgt und Ängste, die sich aufgrund von Desorientierung bei ihr einstellten, waren nicht ganz selten, aber man konnte sie abmildern.

Es wäre kein großer Verlust für die Menschheit, wenn ich den Roman nicht mehr zustande brächte. Vielleicht könnte ich auch mit Unterstützung von Hasegawa über Gawa und seine Monde schreiben, wenn er denn endlich Deutsch könnte.

Der Tod rückt näher. Ich rege mich nicht auf, wenn in den Nachrichten von einem Flugzeugabsturz mit Hunderten Toten gesprochen wird, rege mich viel mehr darüber auf, wie betont wird, dass zehn Deutsche unter den Opfern sind, so als ob der kleinstirnige nationale Egoismus des 19. Jahrhunderts im 21. Jahrhundert noch immer nicht überwunden wurde, denke an die Tausend Toten, die täglich in Deutschland sterben, stelle mir vor, dass in der ARD am Ende des Tages in einer halbstündigen Sendung eine Liste der Namen derer über den Bildschirm fließt, die an diesem Tag gestorben sind, im stillen Gedenken. Ob die Einschaltquoten hoch sein würden, weiß ich nicht, ob dies eine gute Idee ist, noch viel weniger.

Die Verdrängungskultur, die allerorts, wenn auch subtil, teilweise in unserer Gesellschaft vorherrscht, kann nicht mehr zu mir dringen! Es ist vielleicht albern oder unreif, dass ich mich mit achtzig mit solchen Fragen beschäftige; mit dreißig hätte ich spätestens auf diese Fragen eine Antwort gefunden haben müssen, habe ich aber offensichtlich nicht und ich weiß auch nicht, ob rationale Antworten gegen Ängste, die aus einem „unrationalem Innern" entstammen, etwas ausrichten können, eine Flasche guten Roten hilft da wohl mehr.

Ich habe mir noch keine Gedanken darüber gemacht, ob in dem neuen „Henry Milk-Werk" Drogen eine Rolle spielen sollen, wie in vielen Romanen von mir. Ich habe in meinen Werken immer viel verdrängt: Tod, Gewalt und Ähnliches. Henry Milk-Romane sind praktisch gewaltfrei, mich dann aber mehr Verdrängungsmitteln wie Sex und Drogen angenommen und ist nicht die Paranoia, die ich oft thematisierte, eine Art Verdrängung der wirklichen Probleme?

Kann der riesige Planet, Gawa, über ihrer Welt Paranoia auslösen? Glücklicherweise kann man sich an ihn gewöhnen, denn er steht praktisch immer an derselben Stelle. Hat aber seine Phasen und könnte auch besonders unheimlich in der dunklen „Neuphase" wirken. Wie bei Neumond müsste man eigentlich von „Neuplanet" sprechen. In einer H.P. Lovecraft Version dieser Geschichte ist der riesige Planet gar kein Planet, sondern eine Feuer spukende riesige Sonne über dem Firmament, die furchtbare Kreaturen erzeugt, die die Teilnehmer der Expedition niedermetzeln.

Ich habe gewissermaßen recherchiert, habe die Stefan Zweig Biografie über Magellan gelesen und einen Roman über Marco Polo, dessen literarische Qualität eher schlechter war, aber durchaus „informativ" und unterhaltsam. Man muss ernüchternd feststellen, dass eher die Gier als die Neugier, nicht der Wissensdurst zur Realisierung der Expeditionen geführt hat, wenn auch bei den eigentlichen Entdeckern das Motiv der Habgier eher im Hintergrund stand. Bei denen, die diese Expeditionen finanziell ermöglichten, war es dann die Habgier, die sie trieb.

Wie ist das auf diesem Mond? Ich bräuchte eine Software, die fiktive Kontinente eines fiktiven Planeten oder Mondes zeichnen könnte, aber die gibt es wohl nicht für den Hausgebrauch. Wird meine Expedition eher eine See – oder Landreise?

Teil II

Es klingelt. Wer könnte das sein? Ich trotte zur Wohnungstür und bediene den Türöffner. Eine junge, farbige Frau in der typischen Hasegawa-Uniform tritt mir entgegen, begrüßt mich freundlich, fast japanisch und fragt dann: „Wo ist denn unser Problemkind?" Ich weise den Weg zu dem Sarg.

„Er spricht nur Japanisch."

„Es gibt auch die Fälle, da sprechen sie nur Finnisch." Ich weiß nicht, ob die Technikerin wirklich aus dem „Nähkästchen" sprechen darf.

„Ja Finnisch, auch Albanisch! Manche versteifen sich auch auf Englisch, was nicht so gleich als Defekt angesehen wird."

„Ist die Krankheit heilbar?"

„In der Regel schon. Auf jeden Fall steht das alles unter Garantie. Wir tauschen ihn aus und sie haben einen neuen Hasegawa."

Mir fällt auf, dass die Technikerin große, schöne Brüste haben muss. Dabei dieser typische Afropo. Diese Gedanken mussten gedacht werden, konzentriere aber mich wieder auf das „Wesentliche".

„Und wer garantiert mir, dass er mich plötzlich nicht erwürgt?"

„Bei hunderttausend verkauften Hasegawa ist dies nicht einmal vorgekommen. In drei Fällen gab es harmlose Schlägereien, wobei eine mit einer gebrochenen Nase endete."

Ich frage nicht weiter. Der Hasegawa steigt aus dem Sarg und begrüßt uns mit Kauderwelsch aus Fern Ost. Die Technikerin kennt die Schnittstellen meines Freunds und koppelt ein Gerät. Einen Moment scheint Hasegawa besorgt zu gucken.

Er ist dann erst mal aus. Die Technikerin fordert mich auf, als er dann wieder angesprungen ist, meinen Wireless-Lan-Code einzugeben und den obligatorischen Fingerprint. Hasegawa scannt den Abdruck meines rechten Daumens.

Ich frage mich, warum das bei all der Bilderkennungssoftware, die heutzutage gängig ist, notwendig ist.

Ich hatte natürlich im Vorfeld persönliche Benutzerdaten der Firma preisgegeben, natürlich meinen Namen, mein Geburtsdatum, ein kleiner Lebenslauf, meine Interessen und Hobbys.

„Hallo Henry", begrüßt mich Hasegawa, als er dann bei Sinnen scheint. „Du bist doch Henry?"

Die Technikerin lächelt.

„Ja, ich bin Henry Milk", sage ich fast pathetisch.

„Ich hab von ihnen übrigens noch nichts gelesen", sagt die Technikerin.

„Das wundert mich nicht", antworte ich.

„Können Sie mir etwas empfehlen?"

Ich bin etwas sprachlos. Für die meisten Leute sind meine Bücher nicht ansprechend. Im Grunde gibt es nur ganz kleine Zielgruppen und die literarische Qualität ist leider nicht so gut, nicht so herausragend, dass sie von literaturwissenschaftlichem Interesse ist.

Ich mustere sie. Wie sexy und hübsch sie wirkt.

„Ich hab ganz früher erotischen Kram geschrieben", traue ich mich zu sagen.

„Können Sie mir eins empfehlen?"

„Warten sie"

Ich gehe zur Glasvitrine, in der Bücher stehen.
„Eine ältere Ausgabe von „Elfriede im Salon",
geschrieben um die Jahrtausendwende."
„Ein richtiges Buch! Schreiben sie mir eine Widmung!"
Ich suche etwas zu schreiben und führe dann etwas zittrig
aus „von Henry Milk, an die unbekannte schöne
Hasegawatechnikerin."
„Elfriede im Salon ist ein gutes Buch", tönt Hasegawa.
„Ich hab alle gelesen"
„Wann hast du das gemacht?"
„In der letzten Minute"
„Hast du sie auch verstanden?"
„Das kannst du ja versuchen herauszufinden, Henry"
Die Technikerin bedankt sich und ich quittiere ihr
elektronisch. Dann ist sie weg; ich kann noch kurz auf
ihren Hintern gucken.
„Scheißalter!", denke ich, aber im Grunde hätte ich auch
in mittleren Jahren nie eine Chance bei einer solchen Frau
gehabt.
„Gefällt sie dir?"
„Was geht dich das an, Hasegawa?"
„Willst du mir nicht einen anständigen Namen geben?"
„Später Hasegawa, jetzt üben wir erstmal schlafen gehen
und aufstehen."
„Wie lange soll ich denn schlafen?"
„Fünf Minuten"
Ich mache Anstalten seinen Resetknopf zu drücken, aber
er sagt:
„Das brauchst du nicht Dave, das kann ich auch selbst."
Er bewegt sich in seinen Sarg und ich sage ihm noch, dass
ich nicht Dave heiße.
„Entschuldigung, Henry"
Dann ist er wie tot, denn er atmet nicht. Da liegt er nun in
seinem Sarg, ein quasi Scheintoter, aber er lebt ja eh nicht.

Oder doch? Eigentlich fasse ich die Definition von Leben sehr weit.

Wie definiert man überhaupt Leben? Natürlich entstanden? Das wäre ein Schlag ins Gesicht aller Kreationisten. Fähig, sich zu vermehren? Maultiere leben auch, können sich aber nicht fortpflanzen und mein Hasegawa würde es vielleicht schaffen, sich selbst zu bauen. Das wäre aber eine harte Nuss. Es bedarf sehr komplexe Fabriken, um die Einzelteile eines Hasegawas herzustellen und es bedarf sehr komplexer Strukturen, quasi Metafabriken, um solche Fabriken aufzubauen. Das würde er alleine sicherlich nicht schaffen, aber wenn er über die Einzelteile verfügen würde, könnte er sich bei Benutzung von Spezialwerkzeugen vielleicht montieren, das wäre dann vielleicht nicht ein exakt baugleicher Hasegawa, aber ein sehr ähnlicher.

Muss Leben aus biochemischer, organischer Materie bestehen, zellular aufgebaut? Das wäre sicher eine sehr eingeschränkte Definition.

Ich gucke den Scheintoten an. Sie machen also nicht immer den Deckel zu. Er hat sich wohl „gedacht", dass sich das für die fünf Minuten nicht lohnt.

Eigentlich sollte er nie schlafen, da der Resetvorgang eine gewisse Zeit braucht, Zeit, die fehlt, wenn er in Notsituationen zur Stelle sein müsste.

Im Grunde muss er, wenn ich in meinem Bett versuche zu schlafen, mich bewachen. Er kann „überlebenswichtige" Maßnahmen einleiten.

Hasegawa braucht keinen Schlaf, er wird schon nicht heiß laufen.

Hasegawa öffnet seine Augen, die eben so wirken, wie aus einem japanischen Zeichentrickanime aus dem Zwanzigsten Jahrhundert. Sie versuchen zu menscheln, diese Hasegawas. Er hat sich aus seinem Sarg erhoben.

„Hallo Henry. Wie geht es dir?"

„Das kann ich dir aufgrund meines hohen Alters nicht ehrlich beantworten. Aber ich freue mich, dass du da bist."

„Hast du Hunger?"

„Kannst du denn kochen?"

„Ich verstehe mich vortrefflich auf Sashimi.

„Wir essen später. Bevor ich dich noch umtauschen kann, praktizieren wir eine der wichtigsten Übungen. Ich falle und kann mich nicht mehr bewegen und du bringst mich irgendwie ins Bett."

„Mache ich, Henry."

Ich lasse mich zu Boden nieder und stelle mich bewusstlos. Hasegawa fasst meine Hand und macht wohl eine Messung, andererseits dürfte er schon über die Daten meiner Gesundheitsapp verfügen. Er verfügt über sehr viel Daten.

„Dein Blutdruck und dein Herzschlag sind normal, Henry; ich will sagen, für dich normal, du solltest schon an den Werten arbeiten. Sie sind alle zu hoch. Du kannst ruhig die Augen wieder aufmachen."

Geschwätzig, dieser Hasegawa, aber das ist ja ein Grund, warum ich ihn gekauft habe. Ich bin gespannt, wie er sich anstellt, wie er meine 105 Kilo bewältigt. Ich glaube nicht, dass er es schaffen wird, mich mit seinen Händen zu tragen.

„Wo ist der Rollstuhl, Henry?"

Ich weiß nicht, ob ich ihm antworten soll, denn im Notfall könnte ich das auch nicht. Ich sage ihm dann:

„Ich habe gar keinen Rollstuhl."

„Das ist schlecht, Henry."

Er geht in die Hocke wie ein Mensch, packt mich an den Oberarmen - warum können die nicht einfach ausfahren, teleskopartig - und zieht mich über den Boden wie ein Mörder seine Leiche.

Kraft hat er ja. Angenehm ist das nicht, also gut, ich brauch einen Rollstuhl.

Er zieht mich also durch die halbe Wohnung zum Bett, ich versuche dabei nicht zu meditieren und dann packt er es wirklich, mich zu hieven und ins Bett zu legen. Es ist ein Wunder japanischer Ingenieurskunst, dass er dies ohne zusätzliche Teleskopbeine schafft.

Ich glaube, sie sind zugelassen, 50 kg durch die Gegend zu schleppen. Bin mir nicht ganz sicher, aber ich liege mit meinem Lebendgewicht mit Sicherheit über der Grenze.

Ein bisschen war die Prozedur schmerzhaft. Mit Rollstuhl wäre es sicher einfacher für ihn gewesen.

Ich fordere ihn auf, meine Hose und Unterhose zu wechseln, später muss er mir vielleicht die Windelhosen wechseln.

„Hast du einen bestimmten Wunsch, was du tragen willst?"

Ich sage ihm, dass ich eine rote Manchester besitze, dazu passende rote Socken, die Unterhose könnte durchaus schwarz sein.

Er trollt zum Kleiderschrank und sucht die Klamotten. Während ich noch im Bett liege, kleidet er mich an, er schafft auch die Manchester. Hasegawa ist ein Gott.

Ich frage mich, warum ich mir dieses Teil nicht früher zugelegt habe, ja genau, die Preise sind auch in den letzten Monaten stark gefallen, sodass sich eine wohlhabende Mittelschicht sich einen Hasegawa oder Ähnliches leisten kann. Ich schätze mal 500 Millionen von den zehn Milliarden Menschen, die auf diesem Planeten leben, können sich einen Hasegawa leisten, das sind 5 Prozent.

Planetar betrachtet gehöre ich dann auch eher zur Oberschicht, obwohl ich nicht direkt über Untertanen herrsche, aber die Geldströme, die ich in Bewegung setzten kann, sind vergleichsweise erheblich. Ich finanziere Arbeitsplätze, aber gegen einen Mark Zuckerberg, der fast millionenfach mehr besitzt als ich, bin ich ein kleiner, armer Wurm.

Mark Z. könnte sich eine Million Hasegawas leisten, aber normalerweise braucht man nicht so viele, es sei denn, man wollte selbst eine Riesenarmee unterhalten und irgendwelche Länder erobern, oder moderner, eine Armee der Produktivität schaffen.

Ich denke mal, Hasegawas wären in fast allen Jobs einsetzbar und sie sind letztendlich auch billiger als menschliche Arbeitskräfte. Die Revolution hat gerade begonnen, zuerst war es ja schleichend. Vor zehn Jahren gab es praktisch kein Callcenter mehr, was nicht ohne KI arbeitete. Der Begriff Callcenter wurde obsolet, selbst die lästigen Werbeanrufe wurden durch KIs durchgeführt und die Diskussionen mit ihnen waren genauso zwecklos wie mit den Menschen, die früher an den Telefonen saßen.

Ich habe keine Ahnung, was ein Hasegawa alles kann. Könnte er zum Beispiel eine komplizierte medizinische Operation durchführen? Seine KI ist sehr mächtig, er kann jeweils nach Bedarf bestimmte KI-Module aus dem Hasegawa-Pool nachladen, es gibt andere Anbieter, die zu Hasegawa kompatible KI-Module anbieten, teilweise kostenpflichtig.

Selbstverständlich wurden schon medizinische Operationen von Spezialrobotern durchgeführt und es gibt wohl in jedem Feld teilweise sehr teure Spezialroboter, die dem Hasegawa in ihrer speziellen Disziplin sehr überlegen sind. Der Hasegawa ist eher ein Allroundroboter, ein Multitalent. Er wurde dann auch eher für den Haushalt konzipiert und nicht, um in der Wüste Bodenkriege zu führen. Es ist eine großartige Technik, aber ich kann erahnen, dass die ganze Technik noch in ihren Kinderschuhen steckt.

Ich verspürte natürlich keine Scham, als Hasegawa mir die Unterhose auszog. Er hat meinen kleinen Schwanz gesehen, vielleicht hat er die Daten an die Zentrale weitergegeben und ich bekomme demnächst auf mich angepasste Spams zur Penisvergrößerung. Vielleicht denkt man sich auch, dass mir Escortdienste gut tun könnten. Ich will erstmal nicht ausprobieren, ob Hasegawa sich in der Kunst der erotischen Thaimassage versteht; ich glaube, dazu ist er ein bisschen ungelenk und ich hätte mir dann auch gleich eine weibliche Variante von Hasegawa aussuchen können, wobei ich sagen muss, dass die Firma keine weiblichen Modelle anbietet, die erfolgreich die weiblichen Akteure von Thai-Massagen ersetzen könnten. Es gilt wohl für alle Hasegawas, dass man mit ihnen nicht vögeln kann.

Der Gedanke an eine Thaimassage kam mir aber dann, als ich nackt vor ihm lag. Seine Hände sind nicht so hart. Ich werde versuchen, herauszufinden, was mein Hasegawa so alles drauf hat, obwohl ich bestimmtes Grenzwertiges ausklammern werde. Trotz des Premium-Supports, den ich genieße, habe ich eine etwas kostengünstigere Variante gewählt, bei der Hasegawa Daten über mich sammeln darf, die für den Konzern Handelsgut sind, es gibt allerdings eine sogenannte Privatklausel, mit der ich mich noch nicht weiter auseinandergesetzt habe und die dem Hasegawa verbieten, besonders Privates weiterzugehen. Ob meine

Schwanzlänge dazugehört?
Ich sollte vielleicht darauf achten, Hasegawa nicht alles
von mir zu erzählen, so wie man es mit einem guten
Freund macht, dem man auch nicht alles erzählt. Ich
glaube, würde ich ein Verbrechen planen, zum Beispiel
einen terroristischen Anschlag, so würde Hasegawa
versuchen, dies zu verhindern, er würde mich vermutlich
sogar verpfeifen.
Wie würde er sich verhalten, wenn ich beginnen würde,
kritische Kolumnen über den Hasegawa-Konzern zu
schreiben?
Frühere Microsoft-Betriebssysteme, Office haben mir die
Arbeit sabotiert, wenn ich etwas Unfreundliches über den
Konzern gepostet und geschrieben hatte.
Es ist eine nutzlose Diskussion, die ich da mit mir führe.
Möglicherweise nimmt in den nächsten Monaten meine
Demenz so rasch zu, dass ich gar keine Kontrolle mehr
drüber habe, welche Informationen ich von mir preisgebe.
Bei fortschreitender Demenz kann mir mein informelles
Selbstbestimmungsrecht scheißegal sein. Oder vielleicht
doch nicht? Ein Hasegawa kann keinen gesetzlichen
Betreuer ersetzen, aber vielleicht kann ich den Zeitpunkt,
wann mir ein gesetzlicher Betreuer verpasst wird,
hinausschieben.

Andererseits könnte mich Hasegawa wie beim Verbrechen
verpfeifen und mir die Gesundheitsbehörden auf den Hals
schicken. Ich entschließe mich, mit Hasegawa einen
ersten Spaziergang in der Stadt zu machen. Jetzt kann ich
mich auch wieder in düstere verbotene Viertel der Stadt
trauen, denn ein Hasegawa schreckt wohl mehr ab als ein
Wachhund. Im Fall eines Angriffs dürfen Hasegawas
ihren Herrn verteidigen, und ob sie sich dabei an Asimovs
Robotergesetze halten, ist mir nicht ganz klar. Man hört

wenig von Tote durch Pflegeroboter.

Wir gehen die wenigen Treppenstufen vom zweiten Stock; wir hätten auch den Aufzug nehmen können. Ich lebe in einer altengerechten Wohnung in einer Siedlung in Köln-Süd, die etwa damals vor zwanzig Jahren errichtet wurde. Auch in meiner Wohnung finden sich Vorrichtungen, die behinderten- und altengerecht sind, insbesondere im Bad und WC-Bereich. Das hat auch seinen Preis.

Ich habe vor fünf Jahren mein anderes Eigentum verkauft, mein Geld den Banken überlassen, die es nur wenig verzinsen, aber es ist vergleichsweise sicher, wenn die kleineren und mittleren Krisen, die das Weltgeschehen mitbestimmen nicht zu einer groOen Megakrise mutieren. Gewissermaßen hatte ich in meinem Leben Glück, denn das Land war nie unmittelbar in einen Krieg verwickelt, auch wenn das Land an vielen Stellen der Erde Krieg geführt hat, sei es am Hindukusch, vor vielen Jahren in Jugoslawien (ich glaube heutzutage weiß niemand mehr, was Jugoslawien war) und an vielen anderen Stellen auf diesem Planeten. Orte, die ich im fortschreitenden Alter immer weniger bewusst wahrgenommen habe. Die Einsätze geschehen irgendwo und irgendwie beeinflussen sie mich, aber ich bemerke sie nicht.
In frühen Jahren war es für mich ein Leichtes, alle Bundesminister aufzuzählen.
Das kann ich schon lange nicht mehr, aber ich muss bemerken, dass das Wissen um die Minister nicht unbedingt bedeutet, dass man weiß, wie die Gesellschaft, in der man lebt, funktioniert. Ich weiß auch nicht mehr alle Bundespräsidenten, die während meines Lebens im Amt waren, versuche mich daran zu erinnern, wie der

Jetzige heißt, es ist jedenfalls ein Mann. Die
Bundeskanzler kriege ich noch hin.

Ich gehe mit meinem neuen Begleiter durch die Straßen
von Köln-Zollstock, hier und da sieht man andere, die
solche Begleiter haben. Es gibt natürlich auch noch die,
die einen Hund an der Leine führen, die gesegneten Paare
und auch die, die alleine unterwegs sind.

Seitdem die Neuzeit über diesen Kontinent gekommen ist,
fährt man natürlich mehr als das man geht, aber
immerhin, man sieht auch Fahrradfahrer.

Wir hätten ja unser Elektroauto nehmen können. Der
Hasegawa hat übrigens eine Fahrererlaubnis und es ist
inzwischen wirklich ja nicht schwierig, Auto zu fahren,
weil die Autos, was ihr Name ja immer versprach, das
auch ohne Mithilfe können.

Schöne neue Welt der Privilegierten. Aber gestorben wird
immer noch, fiese Krankheiten drohen; auch unter den
Privilegierten gibt es Leiden.

Meine Selbstmordabsichten kamen ja nicht von ungefähr.
Hasegawa trottet neben mir. Er war jetzt auf den ersten
Metern recht still. Es scheint so, als ob er die Umgebung
studiere, obgleich er das in einer Millisekunde kann.

Wir nähern uns über die Markusstraße dem Südfriedhof.
In der Nähe gibt es immer noch das alte russische
Restaurant, hier startet immer noch eine 12, obgleich die
Bahnen heutzutage völlig anders aussehen als in den
frühen Jahren.

Auch der Inder, ebenfalls auf dem Hönninger Weg
existiert noch, mein Ziel, um den kleinen Hunger zu
bekämpfen, der sich langsam bei mir breitmacht. Die
Distanz ist grenzwertig.

Auf dem Hönninger fordere ich Hasegawa auf, so schnell
zu laufen, wie er kann.

Er fragt erst gar nicht, warum ich solche komischen

Anliegen habe. Er düst los, aber die Autos, die ihn
überholen, sind weit schneller. Er entfernt sich ca 200
Meter von mir, um dann laufend - ich weiß nicht so
genau, ob es unbeholfen wirkt – zurückzukehren. Er ist
natürlich nicht außer Atem.
Ich frage ihn nach seiner Höchstgeschwindigkeit. 20 km/h
seine Antwort, ein Indiz für mich, dass er abgeregelt ist.
Wir kommen an einer öffentlichen Ladestation für
Elektroautos vorbei, die man inzwischen auch für Roboter
einsetzen kann.
Die Betriebsdauer eines Hasegawas, insbesondere wenn
er zu Fuß unterwegs ist, ist natürlich begrenzt. Dank des
Schubs, die die Entwicklung der Elektroautomobilbranche
mit sich brachte, ist die Energiedichte seines Akkus relativ
hoch.

Das Haweli gibt es nun über zwanzig Jahre, irgendwann,
glaube ich, hat es den Besitzer gewechselt und hat immer
insbesondere vom Mittagsgeschäft profitiert.
Ein preiswertes Mittagsbuffet, welches vor allen Dingen
die vielen Versicherungs- und Bankangestellten anzog,
auch ein größeres Bundesamt lag in unmittelbarer Nähe.
Hasegawa ist der einzige Roboter im Lokal, jedenfalls der
einzig sichtbare.
Die Bedienung besteht ausschließlich aus jungen
indischstämmigen Mitarbeitern, die mich kennen. Es gibt
in Köln schon einige japanische Restaurants, die Roboter
als Servicekräfte einsetzen. Dies ist vielleicht der
japanisch-chinesisch-koreanischen Kundschaft
geschuldet, die auf so etwas steht. In Japan gab es ja
relativ früh solche Lokale.
Thailändische Restaurants setzen eher auf die attraktive,
weibliche Bedienung mit asiatischem Einschlag.

Man kennt mich hier und an der Theke arbeitet noch Arul, der mich vor zehn Jahren noch in Begleitung junger Escortdamen gesehen hat, die dann manchmal eher die Nase rümpften, da das Lokal eher preiswerter ist und insbesondere abends eher die untere Mittelschicht anzieht. Ich mag dann auch nicht so sehr die Inder, die zusätzlich Schnitzel und Hamburger anbieten und einen Pizzalieferdienst betreiben, aber es gibt da auch ganz gute. Mein Hasegawa sieht nun gar nicht aus wie eine elegante Begleiterin aus der Escortservicebranche, mit der man zum Essen einen feinen Wein nimmt, um dann mit dem Taxi zur geeigneten Location – fahren wir zu dir oder mir – zu kommen und dann für viel Geld seelenlos zu vögeln. Es gleicht schon der Herausforderung einer zenbuddhistischen Meditation mit so einer Nutte nicht seelenlos zu vögeln, insbesondere wenn man an die Siebzig geht.

Ich will ja nicht ganz ausschließen, dass, wenn man wie ein Zwanzig – oder Dreißigjähriger mit Sexualhormonen ausgestattet ist, der seelenlose Fick großartig ist, weil er „hormonell" großartig ist, das hormonelle ersetzt und übertüncht das innige.

Ich bin mit meinen achtzig Jahren Erfahrung natürlich kein bisschen weise und denke an die Escortdamen, das „erotische" Versprechen, wenn sie mir gegenübersaßen, sie mich anlächelten und ich in ihre Ausschnitte gucken durfte.

Oder waren es „erotische" Lügen? Für das Geld, was ich damals in diese Serviceindustrie gesteckt habe, hätte ich heute einen halben Hasegawa kaufen können. Ich versuche Hasegawa meine Gedanken zu erklären.

„Verstehst du, was ich damit sagen will?"

„Du bedauerst, dass ich nicht so aussehe wie ein Escortgirl."

Ich gucke ihn verblüfft an, was seine Sensoren sicherlich bemerken und er wird es interpretieren. Mein Hasegawa wird dazulernen, mich besser kennenlernen.

Ich glaube nicht wirklich, dass er mich versteht, aber diese Hasegawas müssen so tun, als ob sie einen verstehen, jedenfalls ist das ihre erste Option. Er und mein Gesamtwerk verstehen, möglicherweise hat er es kurz mal durch seinen Hauptspeicher gejagt und damit sein neuronales Netz beschäftigt. Ich werde ihn noch beauftragen, eine Rezension zu „Elfriede im Salon" zu schreiben.

Er wird sicherlich fuschen, im Netz recherchieren, möglicherweise gibt es schon Spezial-KIs, die viel von Literaturkritik verstehen und er hat seine Verbindungen, auch wenn sein Budget begrenzt ist. Bestimmte Services im Netz haben ihren Preis. Das mit seinem Taschengeld muss ich noch regeln.

Er wird über Geld von mir verfügen, mit der er auch Einkäufe für mich erledigen kann. Das muss er natürlich mit mir abrechnen. Aber er wird auch über ein kleineres Taschengeld verfügen, für seine Belange, wenn die auch immer darauf ausgerichtet sein sollen, mir zu dienen. Keineswegs soll er sein Taschengeld an die Firmenzentrale überweisen und ich glaube nicht, dass er das Geld sparen wird, um es für eine Escortdame auszugeben, um mit ihr fein auszugehen und sich zu zeigen. Er wird sich wohl auch kein Fahrrad kaufen. Ich glaube nicht, dass er mit einem gewöhnlichen Fahrrad zu Recht käme. Wir werden es ausprobieren.

Ich esse, wie so oft, Dal Makhani, was sie hier ganz gut zubereiten. Manchmal muss man hier recht lange warten, was ich nicht so mag, wenn ich alleine unterwegs bin, ohne Begleitung, aber heute ist das ja anders.

Niemand, mit dem ich vögeln will, aber den ich kennenlernen will, soweit man ihn kennenlernen kann, denn Hasegawa verhält sich natürlich völlig angepasst an mich, bei anderen würde er ganz andere Charakterzüge zeigen, wenn man das so nennen darf. Jetzt kennt er mich noch nicht so gut und er entwickelt seine Henry Milk – Hasegawa - Persönlichkeit.

Hasegawa ist ein seelenloser Automat, jedenfalls würde man in unserem Kulturkreis so urteilen, er ist aber in keiner Weise berechenbar, das lässt sein neuronales Netz und die, mit denen er sich unterstützend in Verbindung setzt, nicht zu.

Hasegawa ist natürlich ein deterministischer Automat. Hat er deswegen keine gewissen Grundrechte, wie wir Menschen so oft behaupten, welche zu haben, aber immer wieder gegen sie verstoßen, da uns kurzfristige Interessen wichtiger erscheinen als alle heiligen Prinzipien?

Ich bin völlig gottlos, aber akzeptiere so etwas wie Menschenrechte als heilige Prinzipien, obgleich ich sie nicht als völlig unabänderbar ansehe, der Zahn der Zeit darf auch an „heiligen Prinzipien" nagen und sie zurecht schleifen.

„Wie geht es dir, Henry?"

„Das Essen schmeckt ganz gut. Tut mir leid, wenn ich dir nicht vermitteln kann, wie."

„Ich habe ungefähr eine Ahnung, wie Dal Makhani schmeckt. Und im Übrigen hättest du Probleme, deinem besten Freund zu erklären, wie dieses Dal Makhani schmeckt."

Ich glaube es nicht. Dieser Angeber! Hat Ahnung, wie Dal Makhani schmeckt, obwohl er in seinem kurzem Leben noch nie etwas gegessen hat und auch nie etwas essen wird.

„Hasegawa, wenn ich dich so sehe, erinnere ich mich an alte Zeiten, wo ich hier mit Damen aus Fleisch und Blut genossen habe. Das lässt mich darüber noch denken, ob Sex mein Leben ruiniert hat, ich meine nicht den bestimmten Sex mit einer bestimmten Frau, sondern allgemein den sexuellen Trieb. Verstehst du mich?"

„Ich glaube nicht. Sex ist eine Quelle der Freude."
„Hast du schon mal gehört, dass es auch Probleme um Sex gibt. Vergewaltigungen, Sex mit Kindern, Verbrechen aus sexueller Eifersucht, Käuflichkeit"
„Wo du es sagst, Henry. Das sind Probleme, die mir bekannt sind. Aber worauf willst du hinaus, Henry?"
„Ich sollte dies vielleicht in meinem letzten Roman thematisieren. Eine sensationelle Entdeckung auf einem fernen Mond? Fast bin ich ja geheilt, aber eigentlich bin ich immer noch in den Fängen von Sexus, ich will diesen Dämon einmal so nennen."
„Ich glaube, ich verstehe dich nicht, Henry"
„Es ist doch ganz einfach, ich habe Zweifel, dass der Science Fiction das richtige Buch ist. Ich würde lieber über Sex schreiben, über den Dämonen Sexus oder auch meinetwegen über die Absurdität von Sexus, ihn lächerlich machen."
„Ich verstehe dich nicht, Henry."
„Wie solltest du das auch verstehen. Könntest du jemals einen Schizophrenen verstehen, der versucht, seine Welt dir zu beschreiben, dir, der du eigentlich nur logisch denken kannst, denn alles andere von dir ist nur Verstellung."
„Ich hoffe, du bist nicht schizophren, Henry"
„Pah, das ist nur ein Name von etwas, was es nicht gibt oder wenn in tausend verschiedenen Ausführungen."
„Wollen wir jetzt eine Diskussion über Psychiatrie

beginnen, Henry."

„Nein, nein, bloß nicht, „schizophren" wird auch umgangssprachlich verwendet. Sex ist wie eine Droge, die einem die Sinne vernebelt, insbesondere auch, wenn man in einer Art Entzug nach ihm verlangt. Der Süchtige richtet sein ganzes Leben nach dieser „Droge" aus, angefangen mit der „Beschaffung", aber auch alle Rituale um den Sexus sind „wahnsinnig". Hasegawa, sollte dies nicht das Thema meines letzten Werkes werden, eine große Abrechnung.

Ich bestelle noch etwas Brot mit einem Minz-Joghurt Dip. „Ich nehme an, er gehört zu einer neueren Generation, mit der man sich schon ordentlich unterhalten kann", meint der Kellner, dessen Name ich noch nicht kenne.
„Probieren sie es."
„Wie heißt Du?"
„Ich habe noch keinen Namen. Henry, ich meine Herr Milk hat mir noch keinen gegeben."
Wie süß, er imitiert einen Versprecher, sagt Henry, obwohl das gegenüber dem Kellner vielleicht unangemessen ist.
„Hast du besondere Interessen?"
„Zurzeit interessiere ich mich für das Werk von Henry Milk, er ist nämlich Schriftsteller"
„Hobby-Schriftsteller", füge ich an. Was gibt dem Blechhaufen ein Recht, persönliches über mich auszuplaudern?
„Dann noch viel Spaß mit ihrem Freund." Der Kellner lächelt geheimnisvoll indisch.
„Wieso erzählst du denn, dass ich Schriftsteller bin. Habe ich dir das erlaubt?"
„Nein Henry, aber ich dachte, Schriftsteller brauchen Werbung. Du hast darüber auch ganz entspannt mit

unserer Technikerin geredet."

„Der Kellner ist ja auch keine Afro-Mieze mit einem heißen Po."

„Der Kellner ist ein heißer indischer Stecher."

„Hasegawa, du hast keine Ahnung."

„Gib mir eine Chance"

Ich fasse es nicht, wie perfekt seine Kommunikationsfähigkeit ist. Jetzt muss er mich nur noch versorgen können.

Ich hätte Hasegawa die Rechnung bezahlen lassen können, mache das aber selbst. Es dämmert schon an diesem Spät-April Abend. Wir haben noch ca. 3km Spaziergang vor uns. Zum ersten Mal fühle ich mich in der Dämmerung sehr sicher.

Ich mache mir über seine kämpferische Qualitäten kein richtiges Bild, aber ich glaube, er könnte gefährlich werden und so leicht wird man ihn nicht umschmeißen können. Wie ein großer Hund bietet er Sicherheit, zudem ist er ja permanent online und die Bilder potentieller Angreifer, ihre Beschreibung, sind schneller bei der lokalen Polizei als diese sich das wünschen.

Er schützt mich besser als ein großer Hund, er hat aber weniger Rechte. So ein Hund hat eine Seele, eine Hundeseele und er hat gewisse Rechte, wenn das Tier auch nicht davor geschützt ist, dass ich es ins Tierheim abgebe und vielleicht schläfert man es auch ein, wenn ich behaupte, es sei sehr aggressiv.

Die Intelligenz des Hasegawas übertrifft die eines Hundes um einiges und sehr wahrscheinlich auch die meine, wenn man einen breit gefächerten Test heranzieht, aber aus dieser überlegenen Intelligenz leiten sich keine Rechte ab.

Für Rechte musst du eine Seele haben, auch wenn niemand genau weiß, was das ist, wo man sie lokalisiert.

Eine Seele zu beweisen ist ebenso schwierig wie die Existenz Gottes zu beweisen, eigentlich kann man an sie nur glauben.

Sie ist vielleicht ein Konstrukt der Hoffnung, dass der Mensch und die ihm nahestehenden Wesen etwas Besonderes sind.

Und in seinem Herkunftsland Japan hat Hasegawa ja eine Seele, wenn auch keine Rechte.

Hasegawa hat kein Bewusstsein, er kann nur eines vortäuschen, obgleich mit Sensoren ausgestattet, kennt er keine Gefühle.

Wir gehen den Hönninger Richtung Süden. Im Südwesten steht schon ein heller Stern, immer der Erste, den man sehen kann.

„Kennst du diesen Stern, Hasegawa?"

„Das ist die Venus."

„Du weißt auch sicher, was Venus in unserer Kultur bedeutet?"

„Venus war ursprünglich eine antike Göttin, eine römische Göttin, die Göttin der Liebe."

„Ja, so ist das, der hellste Stern am Himmel wird nach der Göttin der Liebe benannt, eigentlich Göttin des Sexes. Sie hat denn weniger mit Mutterliebe oder Ähnlichem zu tun, sie ist vielleicht der Dämon „Sexus", den ich erwähnte.

„Fängst du schon wieder an, Henry. Mit deiner eigenen Kulturgeschichte."

„Selbst Geschlechtskrankheiten heißen nach ihr."

Eine ältere Dame, vielleicht hat sie ein paar Jährchen mehr als ich, auch in Begleitung eines Roboters, grüßt mich. Ich grüße zurück.

Keine Venus konnte sie vor dem Verfall schützen, der sie schleichend in den letzten Jahren überfallen hat. Sie stellt keine Gefahr dar, meine Sinne zu betören, ebenso wenig wie ich eine Gefahr für meine Umwelt darstelle.

Hasegawa unterlässt es, den anderen Roboter zu beschnüffeln, er ist halt kein Hund, aber vielleicht stehen sie schon im Kontakt.

Ich bin nach der längeren Strecke geschafft, der Akku von meinem Hasegawa im grünen Bereich, er hat sich aber sofort zum Aufladen zurückgezogen.

Ich öffne mir, auch zur Feier des Tages, eine gute Flasche Wein, ein gelobter Primitivo aus Apulien.

Ich konnte das mit dem Wein nie ganz lassen, obwohl Generationen von Hausärzten mich immer gewarnt haben und es auch schon mal Alarmzeichen der Leber gab.

Zeiten der Abstinenz wurden allerdings länger.

Ich lege die Siebte von Mahler auf, jedenfalls hätte man korrekterweise früher so gesagt und werde versuchen, die Stimmung eines Nachtschwärmers aufkommen zu lassen, ein Bild, was von mir stark positiv besetzt ist, aber ich bin schon seit Jahrzehnten kein Nachtschwärmer mehr.

Vielleicht könnte ich mit Hasegawa bei lauen Sommernächten durch die Stadt ziehen, hier und dort einkehren, ein kleines Bier nehmen oder auch mal ein besonderes Schnäpschen, die Atmosphäre der Nacht schnuppern und mit meinem Freund angeben.

Die Autos und Straßenbahnen blockieren allerdings etwas die Stimmung, die Mahler mit seiner Sinfonie ausdrücken wollte. Irgendwann trat die Moderne ein und seitdem dominiert das moderne Nachtschwärmertum.

Es macht Spaß, mit Hasegawa spazieren zu gehen. Ich könnte es wieder öfter tun und es hält vielleicht fit und den Zerfall ein bisschen auf.

Hasegawa erinnert mich an meine Tabletten und ich bitte ihn, sie mir zu reichen. Seit dem der Kerl in mein Zentrum gerückt ist, habe ich meine aufkommenden

Krankheiten vergessen.

Leicht zitternd greife ich zu meinem Weinglas. Mir fällt es oft gar nicht mehr so auf, obwohl ich es ja eigentlich beobachten will, ob es schlimmer wird.

Welche der beiden Krankheiten streckt mich zuerst nieder?

Die Demenz meiner Mutter entwickelte sich auch langsam und gen Anfang hätte man das über Jahre (und ohne Untersuchung) als Altersvergesslichkeit abtun können.

Mutter hatte dann ja auch früher immer wieder die gleichen Episoden aus der Vergangenheit erzählt, aber irgendwann gab es in dieser langsamen Entwicklung einen harten Zustandswechsel, als sie zum ersten Mal äußerte, dass ihre Mutter noch leben würde, obgleich die schon 36 Jahre tot war.

Das Erzählen der immer gleichen Geschichten, obgleich immer etwas anders erzählt, sah ich damals schon als Zeichen kommender Demenz, aber irgendwann tat sie es nicht mehr, weil sie diesen Weg zu ihrer Vergangenheit verloren hatte.

Dann lebte sie nur noch im Jetzt, und obwohl sich der Zustand an diesem einen „Aggregatspunkt" qualitativ stark geändert hatte, verlief dann der Verlauf der Krankheit weiterhin langsam, hin vielleicht zu einem neuen Aggregatspunkt, wer wollte das wissen?

Ich erzähle mir immer wieder diese Geschichte und vielleicht sollte ich sie auch Hasegawa erzählen, noch kann ich es.

Ich erinnere mich nicht mehr an die Details des heutigen Tages, es gab irgendwie Probleme, richtig, Hasegawa konnte kein Deutsch. Ich weiß nicht mehr, was ich an dem Tag eigentlich machen wollte, ich weiß nicht mehr ob die Afro-Technikerin mir ihren Namen und irgendwann ihren

Vornamen genannt hat, ich erinnere mich an ihren Po oder ist das nur eine Erinnerung an irgendeinen Po?

Ich muss mich mit meinem letzten Roman beeilen. Werde ich mit einem System von Karteikarten den Gedächtnisverlust ausgleichen können? So wie es Le Sage versucht hat? Vielleicht sitze ich dann vor den Karteikarten und weiß nicht mehr, was die Begriffe auf ihnen mir sagen sollen. Vielleicht ist es aber so, dass ich mir etwas zusammenreimen kann, dass aber wieder habe ich dann aber nach fünf Minuten wieder vergessen und ich müsste wieder überlegen, was die Begriffe bedeuten sollen.

Ich habe das Gefühl, dass es jetzt noch geht, aber ich brauche für das Zusammenschreiben des Romans bestimmt ein halbes Jahr, dann müsste ich mit den Korrekturen und der Überarbeitung anfangen. Vielleicht kann aber das im wesentlichen Hasegawa für mich erledigen.

Vielleicht wäre dann auch eine humorvolle Alterssexgeschichte einfacher, als dieser anspruchsvolle Science Fiction.

„Hier deine Pillen, Henry", sagt Hasegawa. der ins Zimmer gekommen ist.

Es muss eine unruhige Nacht gewesen sein. Vielleicht haben mich extrem psychedelische Träume heimgesucht, wie das früher öfters nachts war.

Es ist schon lange hell, aber ich bin immer wieder eingeschlafen. Vielleicht sollte ich jetzt aufstehen und einen Kaffee machen. Ich weiß nicht, welcher Tag es ist, aber das werde ich schnell herausfinden.

Vielleicht habe ich über meinen Science Fiction geträumt,

den ich schreiben will. Träume habe ich auch in jungen Jahren schnell vergessen, fast jeder hat eine Traumdemenz.

Damals hatte ich festgestellt, dass die Beschäftigung mit meinen Träumen diese intensiver, phantastischer und bedrohlicher machten. Ich habe dann darauf wirklich verzichtet, eine Art Traumtagebuch zu führen, insbesondere nach dem Aufwachen nachts mit fast voller Erinnerung den Traum zu fixieren.

Auf dieses Abenteuer habe ich verzichtet und Traum Traum sein lassen, nicht so wichtig, ein Element der Nacht, das mich nicht beherrschen sollte.

Ein kurzer Blick auf die Armbanduhr sagt mir, dass es kurz nach zehn ist. Es ist noch eine der völlig altmodischen Zeigerarmbanduhren ohne jede Körpersensorik, eine Billigstuhr, die durch ihr hellblaues Plastikarmband auffällt.

Ich höre Geräusche in der Wohnung und bin sofort etwas verängstigt. Was war das?

Ich stehe auf, und ohne meine Schluffen anzuziehen, verlasse ich mein Schlafzimmer, auch um meine gefüllte Blase zu leeren.

Bevor ich in mein Badezimmer eintrete, sehe ich den Sarkophag.

Was ist das?

Ich muss träumen. Ich habe schon ein paar Male geträumt, dass ich aufgestanden bin, den Morgen begonnen habe, um schließlich festzustellen, dass alles nur geträumt war, aber das waren sehr seltene Traumerlebnisse in meinem Leben.

Ich neige eigentlich nicht zu luziden Träumen. Dieser Sarg …

„Guten Morgen, Henry", tönt es aus der Küche.

Ein Moment der Angst, aber die Stimme kenne ich.

In der Küche schaut mich ein Roboter an.

„Oh ja, du bist mein neuer Hasegawa."

„Richtig, Henry, ich bin dein neuer Hasegawa. Wir haben einen größeren Teil des gestrigen Tages schon miteinander verbracht"

Gestern, es war schon in der letzten Zeit schwieriger, mich an den gestrigen Tag zu erinnern. Gestern ist so weit weg und so nah.

„Soll ich dir einen Kaffee kochen, Henry?"

„Nein, mein Roboter, das kann ich noch selbst."

Ich muss noch nicht ganz wach sein, richtig, gestern wurde der Roboter geliefert, den ich seit Längerem bestellt habe. Ich habe mich nicht umgebracht. Ich weiß, wo meine Pistole liegt. Ich habe mich nicht umgebracht und will einen Science Fiction schreiben, der quasi eine galileische Entdeckung zum Thema hat, einen radikalen Umsturz einer Weltsicht, weil die Menschheit dort Gawa entdeckt, den Riesenplaneten, in dessen gigantischem Gravitationsfeld die Welt der Menschen kreist.

Ich sage Menschen, aber es sind keine Menschen.

Kein Selbstmord, stattdessen wollte ich es mit einem Roboter der Firma Hasegawa versuchen und diesen Science Fiction schreiben, diese vielleicht letzte Idee.

„Ich habe beginnende oder vielleicht auch schon stärkere Demenz, Roboter."

„Ich weiß, Henry. Du hast mir Zugriff auf deine Krankheiten gestattet. Gestern hast du mich mangels eines Namens übrigens immer Hasegawa genannt."

„Gut Roboter, ich nenne dich Hasegawa."

„Ich hatte gehofft, dass du mir einen richtigen Namen gibst"

„Mir fällt kein richtiger Name ein"

„Kannst du dich denn kein bisschen mehr an das erinnern, was wir gestern gemeinsam gemacht haben."

„Natürlich kann ich mich erinnern, was wir gemacht haben. Wir waren spazieren und haben beim Inder gegessen, das heißt, ich habe etwas gegessen und du ja vermutlich nichts, weil du ja gar nichts essen kannst."
„Richtig Henry, wir waren in einem indischen Restaurant. Ich bin dann doch erleichtert, dass es mit deiner Demenz noch nicht so ganz schlimm steht.
„Partikulär, Hasegawa, partikulär. Aber lass mich meinen Kaffee machen und danach will ich einen Zigarillo rauchen, bei Musik von Debussy.

Ohne mich angezogen zu haben, schlürfe ich meinen Kaffee. Ich habe es mir abgewöhnt, dabei vor dem Internet zu sitzen, um die ersten Schlagzeilen des Tages zu lesen und in den diversen sozialen Netzwerken, in diesen bewege ich mich auch nicht viel.
Normalerweise nehme ich den Kaffee im Wohnzimmer, dann laufe ich raus, um mir beim Kiosk schräg gegenüber eine Tobajara zu kaufen, einzeln.
Ich kann mich noch an Zeiten erinnern, als sie 70 Cent gekostet haben und das war noch in diesem Jahrhundert. Jetzt liegt der Preis bei 1,80€.
Der Kioskbesitzer, ein schon älterer Syrer, bestellt sie extra für mich.
Ich könnte es testen, ob der Roboter mich anziehen kann.
„Hasegawa traust du dir zu, mich anzuziehen?"
Ich weiß nicht, ob das zum Leistungsumfang eines Hasegawas gehört.
„Ich werde es versuchen, Henry!"
„Um es etwas typischer zu halten, schlage ich vor, dass ich mich in mein Bett lege."
Ich mute meinem Hasegawa nicht zu, dass er mich in mein Bett trägt. Ich bin mir ziemlich sicher, dass wir das

gestern schon geübt haben.

„Du hast mich doch gestern schon ins Bett gebracht, oder?

„Habe ich gemacht, Henry."

„Und war es schwierig?"

„Nicht ganz einfach, Henry, du bist ziemlich schwer."
Im Laufe meines Schriftstellertums habe ich mich
manchmal gefragt, was das Wort „ziemlich" eigentlich
bedeutet, vielleicht kann mir Hasegawa das mal erklären.
Ich lege mich ins Bett und Hasegawa fragt, ob ich frische
Sachen anziehen will, die von gestern liegen noch
verstreut im Schlafzimmer herum.

„Eine neue Unterhose, frische Socken, vielleicht ein neues
T-Shirt. Du kannst ja an dem alten mal riechen und es dir
angucken."

Der Roboter hat sogar so etwas wie eine Nase, mit der er
sogar Rotweine klassifizieren kann, wenigstens zu dem
Urteil: eher besserer Wein oder Pennerwein. Keine
Ahnung, wie weit seine Nasenapparatur differenzieren
kann und es gibt vielleicht eine Rotweindatenbank für
Hasegawas, mit der sie ihr Ergebnis abgleichen können.

„Du solltest dein T-Shirt wechseln Henry!"

„Aber außer dir werde ich vermutlich heute niemand
anderem begegnen. Ich hoffe, ich beleidige deine Nase
nicht so sehr, wenn ich das alte anziehe. Schon gut, gib
mir ein frisches Schwarzes."
Während ich im Bett liege und gegen die Decke starre,
sucht Hasegawa die frischen Klamotten zusammen und
dann beginnt die Operation: Die Pyjamahose abstreifen,
kein Problem, etwas schwieriger schon das Oberteil,
wobei er mich anhebt. Die Unterhose kriegt er gut hin,
auch die Socken, ein menschlicher Pfleger wäre
vermutlich beim T-Shirt anlegen schneller, die Hose
schafft er, aber er hat etwas Probleme beim Knopf und bei

den Hemdknöpfen versagt er dann.

Mein Hasegawa ist als Feinmechaniker noch nicht zu gebrauchen, aber gut zu wissen. Es gibt Trainingshosen, Sweatshirts. In jungen Jahren habe ich gar keine Hemden getragen.

Ich knöpfe mir das Hemd selbst zu, aber für mich wird es auch manchmal schwieriger und irgendwann werde ich es nicht mehr können. Einen Moment habe ich erwogen, zum Erwerb meiner Rauchware Hasegawa zu schicken.

Zieh mir die Schuhe an – kann er Schlaufen, sicher wird er Schlaufen können, das ist doch mathematisch – brauche mir für die kurze Strecke nichts überziehen.

Ein schönes, mildes Aprilwetter. Ich begrüße Ahmed und der gibt mir ohne zu fragen meinen Zigarillo, den ich etwas umständlich mit meinem Chip bezahle. Dann niest Ahmed mehrmals kräftig.

„Meine Pollenallergie!"

Der wissenschaftlich-technische Fortschritt ist manchmal sehr spürbar, bei der Behandlung bestimmter Krankheiten lässt er noch auf sich warten.

Zurück in meiner Wohnung zünde ich mir in meinem Sessel den Zigarillo an und lege die „CD" mit Images von Debussy auf, die ich morgens schon einige tausendmal gehört habe.

Ich habe jetzt einen fast perfekten Butler und er suggeriert mir die Illusion, nicht allein zu sein.

Ich habe einen Butler und einen Freund, einen Begleiter. Hasegawa macht irgendetwas in der Küche, vielleicht räumt er auf. Habe ich wirklich einen Freund? Ich glaube, das muss ich mal mit ihm besprechen.

Der Hasegawa hat ja kein Fell. Man kann ihn also nur schlecht streicheln. Es gibt von Hasegawa allerdings auch

Hunde und Katzen. Bei der Entwicklung hat man besonders Wert auf einen „natürlichen" Lauf gelegt. Kaum einer in Deutschland kauft so etwas, die realistischeren Modelle sind dann etwas teurer als mein Hasegawa.

Mir erschließt sich nicht ganz der Wert einer solchen Anschaffung, aber in Japan sind sie in wohlhabenden Kreisen recht beliebt.

Die Hunde können neben Bellen, Knurren und Wedeln auch Sprechen und sind furchtbar intelligent, aber mein Hasegawa ist natürlich viel praktischer.

Den Hasegawa-Hund kannst du natürlich streicheln, aber wieso sollte ich für so etwas 80000 Euro ausgeben, wenn ich im Tierheim einen echten für umsonst haben kann und es heißt, manche von ihnen können auch sprechen.

Man muss sich um einen echten Hund natürlich viel mehr kümmern. Zugeben, ich bin etwas euphorisch bezüglich des Hasegawas. Vielleicht hat es auch etwas Asoziales, sich mit einem Roboter anzufreunden. Bei Menschen bin ich doch sehr misstrauisch, habe viel mit meinem Vater gemeinsam, für den die sechs Wochen Pflegeheim, für die ich verantwortlich war, ein Horror waren. Der Hochsenile hat dann später immer wieder größere Angst gezeigt, ich könnte ihn irgendwann wieder ins Altenheim stecken. Wenn ich auch praktisch mein ganzes Leben Vorurteile gegen Pflegeheime gehabt habe, so änderte sich in den sechs Wochen mein Bild etwas zugunsten von Pflegeheimen; dennoch konnte ich später darin nie eine Alternative für Mutter sehen. Ebenso wenig für mich und der Griff zur Pistole lag mir näher.

Im Alter wird es immer schwieriger Freunde zu finden und zu halten und was sind schon Freunde? Sie können einem so fremd bleiben wie Roboter, insbesondere wenn man Freunde vom Typ Asperger hat.

Mein Hasegawa empfindet nichts, etwas, was jeder Hund kann, aber ich kann es nicht feststellen. Er kann mir sogar Empfinden vortäuschen.

Ich hatte lebenslang einen Freund, der praktisch nie über seine Empfindung gesprochen hat. Vermutlich hat er mit niemandem über seine Empfindungen gesprochen.

Manchmal hat er Empfindungen gezeigt, am auffälligsten waren die Zornausbrüche. Manchmal konnte ich daran zweifeln, ob er überhaupt Empfindungen hatte.

Er war im Übrigen auch nicht so wehleidig bei Krankheiten, während mich schon das kleinste ins Bett bringt.

Andererseits gibt es ja auch die Menschen, die mit ihren angeblichen Empfindungen andere und vielleicht auch sich selbst täuschen. Menschen sind ausgezeichnete Lügner und Täuscher.

Für mich war das „Soziale" eigentlich immer zu kompliziert und selbst Freunde vom Asperger-Typus ordnen mir geringe soziale Kompetenzen zu.

Ich habe die Nähe zu Menschen gesucht, aber ist das Empfinden von Nähe vielleicht nur eine Autosuggestion, die dann auch noch objektiv erscheint, wenn die Autosuggestion gegenseitig ist. Wie viel Wahrheit kann, darf ich von anderen Menschen erfahren? Wie formen die Lügenmärchen der anderen meine Realität?

Der Hasegawa kann natürlich auch hervorragend lügen, aber das Spiel zwischen ihm und mir ist klar definiert und ich weiß, was hinter ihm steckt: nämlich nichts.

Die Hasegawas sollen einen natürlich nicht belügen – aber wer soll das schon – und sie müssen im Interesse ihres Benutzers agieren. Was sie dann vermutlich nicht tun, wenn dagegen die Interessen des Mutterkonzerns stehen. Ist es ein dummer Selbstbetrug, wenn mein Hasegawa als Projektionsfläche dient.

Eine schauspielerisch begabte Nutte kann einen auch glauben machen, man sei etwas Besonderes, ein guter Liebhaber oder sogar, dass sie etwas empfinde. Sie kann sich so geben, dass ich all dies auf sie projizieren kann. Ich durfte dies ganz wenige Male in meinem Leben erleben und manchmal erschien es mir so, dass dieser mögliche Betrug die einzige Existenzberechtigung für Prostitution ist.

Kann der Hasegawa wirklich wie ein Freund für mich sein, wie ein Freund auf mich wirken? Kann ich verdrängen, dass er nichts anderes ist als ein Stück Material mit ein paar Schrauben und etwas Elektrik. Wieso soll ich mir einbilden, nicht mehr allein zu sein?

Dies ist also mein erster richtiger Tag mit dem Hasegawa. Ich habe keine Idee, wie ich ihn nennen soll; es bleibt vorerst bei Hasegawa.

Ich habe einen weiteren Spaziergang mit ihm gemacht, ganz stolz über meinen Besitz. Das schöne Aprilwetter des Jahres 2036 macht diesen Spaziergang zu einer angenehmen Übung.

In den letzten Jahren hat die Anzahl der eher wärmeren Tage im April zugenommen; die Klimawissenschaft geht allgemein davon aus, dass die anderthalb Grad geknackt sind; es fehlt nicht viel und die symbolträchtigen zwei Grad, die in der politischen Diskussion zu Anfang des Jahrhunderts eine große Rolle spielten, werden überschritten.

Hasegawa und ich haben den Edeka-Supermarkt aufgesucht und ich habe meinem Freund die Lebensmittel gezeigt, die ich besonders schätze. Er hat dann gefragt, ob ich immer dasselbe essen wolle. Er kann ja vielleicht mein Kochen übernehmen, das, wenn ich ehrlich bin, eine eher armselige Angelegenheit ist. Im Grunde hatte ich sogar Talent, meine Küche immer weiter zu verfeinern und kreativ zu erweitern.

Die Kreativität war da, aber ich wollte immer zu einem schnellen Ergebnis kommen, und wenn auch meine "Schnellgerichte" schmackhaft sind, jedenfalls mir schmecken sie, so hat das leider mit einer größeren Kochkunst nichts zu tun. Das änderte sich auch nicht, als ich aus dem Berufsleben ausschied.

Zu meiner Entschuldigung muss ich sagen, dass es für einen Ein-Personen-Haushalt schwierig ist, die nötige Menge an frischen Zutaten zu horten.

Hasegawas können kochen. Das haben sie schon in vielen Kochsendungen bewiesen, in denen sie gegen andere Roboter und Menschen angetreten sind. In Korea soll es ein Ein-Sterne-Restaurant geben, das einen Hasegawa als Küchenchef hat. Ich glaube, hier wäre das nicht möglich und die Publicity um dieses Restaurant ist ein geschickter Werbefeldzug der Firma Hasegawa.

Ich will nicht wissen, wie die Welt in zwanzig Jahren sein wird; ich werde es höchstpersönlich wohl nicht mehr miterleben dürfen, nicht, weil ich vielleicht nicht mehr lebe – dafür gibt es natürlich auch eine ernstzunehmende Wahrscheinlichkeit -, sondern weil bis dahin mein Alzheimer soweit fortgeschritten sein muss, dass ich die Welt nicht mehr erkennen kann.

Ich bin da sehr skeptisch, dass in den nächsten Jahren ein Wundermittel auf den Markt kommt, dass mit all den Ablagerungen und Müll in meinem Kopf aufräumt, Gehirnregionen regeneriert mit gesunden Nervenzellen, die dann auch noch etwas mit meiner Persönlichkeit zu tun haben. Verglichen mit all dem anderen Fortschritt ist der medizinische recht langsam.

Es wäre natürlich wie ein zweites Leben, wenn ich als

Volldementer zurück ins Leben oder sagen wir besser zurück ins geistige Leben gebracht würde.

Zwanzig Jahre sind eine lange Zeit, aber irgendwann ist diese Zeit auch vergangen.

Ich denke an meinen Roman, den ich schreiben will und spreche mit Hasegawa darüber. Manchmal fürchte ich, dass ich für meine Bücher einen ähnlichen Ansatz gewählt habe wie für mein Kochen, eine höchst individuelle Schnellküche, die mir im Grunde nur selber schmeckt, ohne nur annähernd darin die Tradition großer Kochkunst zu integrieren, mit Mühe und Liebe fürs Detail, mit einem Hang zur Verfeinerung und Komplexität, Gedichte aus komplexen Gewürzmischungen, mit hoher Qualität an Zutaten, sozusagen gut recherchierte Zutaten, alles eingebunden in einer Tradition der Kunst. Schreibe ich mein persönliches Fast Food?

Es gibt die Paläste des kulinarischen Abschaums, mit der meine Schnellküche auch nicht konkurrieren kann, jedenfalls nicht mit der Anzahl der umgesetzten Essen.

„Henry du bist albern", ist die Reaktion von Hasegawa, als ich ihm meine Gedanken bezüglich Küche und Schreiben mitteile.

„Ich glaube, wenn ich einen Roman beginne zu schreiben, möchte ich möglichst schnell fertig werden.

„Der Weg ist das Ziel Henry."

Ist das jetzt eine buddhistische Weisheit? Nein, die Idee stammt von Konfuzius. Auch beim Joggen vor vielen Jahrzehnten wollte ich vor allem eines, ans Ziel ankommen. Ich lief, um das Ziel zu erreichen, nicht um den Lauf zu genießen, was man ja kann, wenn man etwas trainiert ist. Beim Sex habe ich es eigentlich richtig gemacht.

Hasegawa darf heute kochen, unter anderem kann er Lammfleisch verarbeiten. Ich sehe dabei zu, wie dieser potentielle Ein-Sterne-Koch ein Mahl zubereitet. Die Sterneköche sind sicherlich schneller in ihren Bewegungen als Hasegawa, aber die Schnelligkeit ist ja wohl kaum eine Voraussetzung, um ein delikates Menü zubereiten zu können; na ja, vielleicht gibt es so etwas. Ich kann mich dabei natürlich mit Hasegawa über völlig andere Themen unterhalten als das Kochen, das stört ihn keine Bohne. Hasegawa wird nie wissen, wie sein selbst gekochtes Essen schmeckt, aber er kann den Geschmack klassifizieren, mehr oder weniger gut und man wird sich über den Geschmack des Essens unterhalten können. Prinzipiell kann er aber nur Aussagen machen wie schmeckt so ähnlich wie … oder schmeckt nach ….. . Können wir Menschen eigentlich mehr?

„Die Konstruktion deines Systems ist etwas unwahrscheinlich. Drei Monde in der Größe von der Erde, die in Bahnresonanz stehen. Monde werden vermutlich nicht so groß und haben ansich eine kleinere Dichte als die Gesteinsplaneten."

„Klugscheißer! Es könnte doch durchaus Planetensysteme geben mit Gasriesen in der habitablen Zone, mit Monden, die so groß sind wie unsere Erde. Weißt du, wie viele Planetensysteme es in unserer Milchstraße gibt. Es sind vielleicht hundert Milliarden."

Der Hasegawa schnibbelt Zwiebeln und Knoblauch, ungestört von der Unterhaltung und sagt:

„Gewiss Henry. Aber wenn wir unser Sonnensystem betrachten, sind alle Monde, selbst Ganymed und Titan leichter als der kleinste Planet und alle Gesteinsplaneten haben eine größere Dichte als diese beiden Monde. Vermutlich ist das typisch."

„Kannst du dir nicht vorstellen, dass so ein Gasriese, so

ein Riesenplanet, Planeten wie die Erde und die Venus eingefangen hat, die dann zu Monden wurden."

„Ja Henry, möglich wäre das schon, aber ich finde es unwahrscheinlich und untypisch. Noch unwahrscheinlicher ist es, dass auf zwei dieser Monde unabhängig voneinander intelligentes Leben entsteht, welches zur Zeit der Handlung eine sehr ähnliche Entwicklungsstufe erreicht hat. Das ist sehr unwahrscheinlich."

„Ich weiß Hasegawa, dass das sehr unwahrscheinlich ist. Warum sollte Leben, dass sich nach Milliarden Jahre entwickelt zivilisatorisch den gleichen Entwicklungsstand haben, also in der Entwicklung vielleicht nur hundert Jahre auseinander. Aber in der Literatur und auch in der filmischen Dramaturgie darf man Unwahrscheinlichkeiten konstruieren und Hasegawa, möglich ist das, was ich da ersonnen habe, wenn es auch zugegebenerweise unwahrscheinlich ist, dass es so ähnlich in unserer Milchstraße einmal stattgefunden hat oder stattfinden wird. Betrachten wir das gesamte bekannte Universum, sind die Rahmenbedingungen meiner Geschichte schon weniger unwahrscheinlich."

„Henry ich frage mich, wieso etwas so seltenes Basis für Kunst sein kann."

„Ich bezweifele, dass du irgendeine Ahnung von Kunst haben kannst. In der Kunst wird eher das unwahrscheinliche thematisiert als das Gewöhnliche. Also eher der Lottogewinn, als das durchschnittliche Verlieren. Der typische Held überwindet in völlig unwahrscheinlicher Weise seine Gegner und bleibt immer als Sieger zurück."

„Trivialliteratur Henry, das hat nichts mit Kunst zu tun Henry. Ich wollte dich nur darauf aufmerksam machen, dass dein Plot unwahrscheinlich ist und möglicherweise interessiert sich keiner für den Plot."

„Mein Plot ist großartig."

„Wäre es nicht interessanter, darüber zu schreiben, wie der Hintern einer bestimmten Frau auf einen älteren Mann wirkt? Wäre das nicht auch für dich interessanter Henry?" Ich frage mich, ob Hasegawa noch alle Tassen im Schrank hat. Er weiß weder, wie sein Essen schmecken wird noch wie irgendein weiblicher Hintern auf mich wirkt.

„Ich habe doch deine Romane gelesen Henry. Ich glaube, man konnte erkennen, was dir beim Schreiben Spaß gemacht hat."

Der Typ ist größenwahnsinnig, während er da kocht. Warum will er, dass ich einen Altersporno schreibe?

Altersporno? Sollte man nicht vielleicht Alterserotik sagen, hört sich anspruchsvoller an, macht dann auch eher klar, dass das Thema durchaus eine Relevanz hat. Mit „Porno" kann ich keinerlei Relevanz verbinden, kaum Anspruch und bestenfalls einen Unterhaltungswert, der sich von Dingen nährt, die unterhalb der Gürtellinie spielen.

Mein Protagonist in meinem Wunschroman ist nicht sonderlich alt und im Prinzip zweigeschlechtlich. Er oder es hat einen Schwanz und eine Vagina.

Basiert Erotik in der Literatur auf der klassischen Geschlechterrolle?

In meinem Roman könnten die zweigeschlechtlichen Wesen auch tatkräftig und „männlich" wirken. Wollte ich nicht die drei Geschlechter, um zu vermeiden, dass in diesem Roman irgendein Plot entstehen könnte, den der Leser als sexuell erregend oder belästigend empfinden könnte. Was ist männlich, was ist weiblich? Die Antwort auf diese Frage auf stark und schwach herunter zu brechen, wäre äußerst dämlich. Das Mütterliche ist den

Zweigeschlechtlichen meiner erdachten Welt auf keinen Fall fremd, können sie doch schwanger werden. Aber was ist der Unterschied von mütterlich und väterlich? Wie kann ich diese Frage beantworten, ohne ein traditionelles, historisches Rollenverständnis zu bemühen?

Keineswegs sollte in meinem letzten Roman der Hintern einer Frau eine größere Bedeutung erlangen als das Erscheinen des Riesenplaneten Gawa am Himmel eines neuen Kontinents, der das Ziel der Expedition meines Protagonisten ist.

Hasegawa kann mir erzählen, was er will.

Sicherlich hatte die Hasegawa-Technikerin etwas bei mir bewirkt. Jede unerwartete Begegnung mit einer attraktiven Frau ist auch ein Tiefschlag, erzeugt kurzfristig durchaus intensive Reaktionen, die völlig unrealistisch sind.

Die Emotion, die ich bekomme, wenn ich von einem Sessel aufsteigen will, aber nicht so kann, wie ich will, ist auch nicht unerheblich, manchmal ein Tiefschlag der anderen Art.

Glücklicherweise stressen die Sexualhormone in meinem Alter nicht wirklich. Das sexuelle Verlangen wird so unwirklich wie die Angst vor dem Tod, die sich dann meldet, wenn in der Brust etwas schmerzt oder Seitenstiche auf der Leberseite daran erinnern, dass man im Leben zu viel Alkohol genommen hat. Manchmal jagt das doch sehr starke Husten in der Nacht mir die Angst ein, der Lungenkrebs könnte nun kommen, aber es sind dann doch Ausnahmesituationen, die mich ängstigen und an den Tod erinnern lassen.

Zugegeben, die erotischen Momente in meinem Leben sind seltener.

Hasegawa hat ein hervorragendes Mahl gekocht. Ich

glaube, ich beginne zu begreifen, wie wertvoll dieses Ding für mich ist. In wenigen Jahren wird es in den Haushalten von Hasegawas nur so wimmeln.

Immer mehr Jobs können von diesen Robotern erledigt werden. Ob das gut geht?

Ich streite mich mit meinem Hasegawa gern und im Grunde genommen fühle ich mich geschmeichelt, wenn er mir empfiehlt, über die Wirkung weiblicher Hinterteile im Alter zu schreiben und daraus eine ästhetische Erzählung zu machen, über Wünsche und Vergeblichkeit.

Ich will mich aber auf meinen Science Fiction konzentrieren, in dem vielleicht die Hinterteile doch eine größere Bedeutung haben, selbstverständlich auch die Brüste der Weibchen, die dann zusätzlich die Helden veranlassen, die Welt zu entdecken und Abenteuer zu erleben.

Es gibt kein Henry Milk-Werk ohne sexuellen Bezug, wahrscheinlich auch bei dem nächsten und letzten nicht.

Es fällt mir nicht leicht, mich in die Astronomie meiner erdachten Welt hineinzudenken. Scheinbar kreist die Sonne in einer Erdenwoche um die Welt. Der Nachthimmel kreist in ähnlicher Periode, verändert sich aber im Ablauf eines „Jahres", verursacht durch die Bewegung von Gawa, dem unbekannten Riesenplaneten. Die anderen Monde verkomplizieren das Bild.

Es hat sich eine Riege von Astronomen gebildet, die die komplizierten Abläufe beschreiben. Aber das Ungeheuerliche ist, dass sie von Gawa dem Riesenplaneten keine Ahnung haben, da dieser auf der anderen Seite ihrer Welt steht.

Teil III

Es sind nun schon einige Wochen vergangen, seit dem der Hasegawa mein Lebensgefährte wurde. Ende Mai gab es ein paar unerträglich heiße Tage, aber wir haben an den anderen Tagen auch für mich längere Spaziergänge in der Stadt gemacht, so weit es meine Verfassung und Kondition denn zuließ.

Wir haben über Gott und die Welt geredet, natürlich auch über den Roman, den ich schreiben will. Ich verdränge immer mehr, dass mein Begleiter ein seelenloser Automat ist. Die KI, die die Unterhaltungen ermöglicht, ist sehr fortgeschritten und würde als leichteste Übung jeden Turing-Test bestehen.

Meinem Putzmann habe ich natürlich gekündigt und ich werde in absehbarer Zeit keinen Pflegedienst benötigen. Was heißt absehbar? Wenige Monate?

Die Parkinson-Krankheit hat zugenommen, über meine Demenz kann ich keine Aussage machen und Hasegawa ist meist höflich.

Ich bin vielleicht etwas unselbständiger geworden, aber Hasegawa fordert mich immer wieder auf, ihn bei bestimmten Arbeiten zu unterstützen, zum Beispiel beim Kochen und trotz des Zitterns in meiner Hand nehme ich es im Kartoffelschälen noch mit ihm auf.

Ich ziehe mich natürlich noch selbst an, obgleich wir die eine oder andere Übung gefahren sind. Einmal sind wir ins Siebengebirge gefahren und ich habe ihm auch das Haus von W. gezeigt. Von außen macht es ja eigentlich gar nichts her. Ich hoffe, der Sommer wird nicht zu heiß. Hasegawa und ich sammeln noch Ideen und einige Karteikärtchen sind geschrieben. Ende August will ich mit dem Schreiben beginnen. Ich habe mich entschieden, dass die Expedition mit einer Seereise beginnt. Würde diese Welt nur aus einem Kontinent bestehen, hätte man sicher schon die ganze Welt entdeckt, es sei denn, endlose Wüsten und undurchdringlicher Dschungel würden eine Barriere bilden.

Ein riesiger Ozean ist eine größere Barriere und man kann sich leichter das Ende der Welt vorstellen, die ja eins haben muss, weil die Welt in der Vorstellung dieser Menschen eine Scheibe ist.

Mein Protagonist, er hat immer noch keinen Namen, sieht das anders. Ein Held des Geistes, nicht des Schwertes.

Wenn ich abends Alkohol trinke, verändert sich etwas der Charakter unserer Unterhaltungen, aber ich habe noch nicht herausgefunden, ob Hasegawa in den Schwipsmodus übergeht und den leicht angetrunkenen simuliert.

Da ein Hasegawa ein Vertreter der Vernunft ist, darf er keinesfalls den Besoffenen abgeben. Wäre ja auch völlig unglaubwürdig.

Gestern Abend habe ich ihn in weinseliger Laune gefragt, ob er nicht „kaputt" spielen könnte. Ich würde mich beim Service von Hasegawa melden und vielleicht würden die wieder die Technikerin vorbeischicken. Vielleicht hätte sie mein Buch gelesen und dann wären wir gleich vertraut. Ich würde ihr vorschlagen, Model für eine neue Geschichte von mir zu sein, in der eine dunkle, attraktive Technikerin ältere Hasegawabesitzer betört. Hasegawa hat gelacht.

Die Roboter können tatsächlich lachen, sie menscheln, wo sie können, wenn gleich sie manchmal „den Roboter" spielen.

Hasegawa ist unterwegs, mir war zu heiß draußen. Ich

denke, er wird heute Abend etwas Leichtes kochen. Es wurde dann ein sehr denkwürdiger Junitag, den ich nicht so leicht vergessen würde, drohte da nicht die Demenz, die praktisch jegliche zeitliche Wahrnehmung, Erinnerung vernichtet.

Das Leben besteht aus dem Jetzt und dem Erinnern und ein bisschen aus einem ungewissen Erwarten. Alzheimer wird das Leben auf eine Gegenwart reduzieren, die sich nicht mehr reflektieren kann.

Das, was dann geschah, ist gewissermaßen ein Märchen, nicht das von der Technikerin mit dem heißen Afropo, sondern ein Märchen aus der fünften Dimension und sehr bald werde ich nicht mehr wissen, ob dieser Tag Wirklichkeit war oder nur ein Märchen, geträumt und inspiriert von Hasegawas Phantasie.

Es ist um die Mittagszeit. Er hatte gesagt, er würde um eins zurück sein. Er verspätet sich und dann kommt er die Tür hinein mit einem sehr kleinen Begleiter. Es ist unschwer zu erkennen, dass dies auch ein Roboter ist, aber wie filigran ist diese Maschine?

„Das ist Bengo Henry. Er kommt von sehr weit her. Henry Milk, mein Herr und Gebieter. Er ist schon ein alter Mann. Ich hatte dir ja schon erzählt, dass er auch Schriftsteller ist."

„Freut mich dich kennenzulernen Henry Milk", sagt die kleine Maschine. Ich versuche, den Akzent einzuordnen.

„Wie heißt du nochmal?"

„Bengo."

„Was heißt du kommst von sehr weit her?"

Hasegawa übernimmt für ihn das Wort. Es scheint fast so, als haben sie das kurz verabredet.

„Bengo stammt von Alpha Centauri. Du als Science

Fiction-Autor dürftest damit doch keine Probleme haben."
Er sagt das mit einer Andeutung von Lächeln auf dem
Gesicht, denn die Hasegawa-Roboter können eher
schlecht lächeln. Anders der Kleine, der ein recht
lebhaftes Gesicht hat.

Ich weiß gewisse Zeit nicht, was ich denken soll. Nicht
dass ich denke, dass das alles ein Traum ist, nein dieser
Bengo gehört zur Realität, wenn er auch sehr
fortgeschritten erscheint, was nicht heißen soll, dass die
Realität ansonsten nicht fortgeschritten erscheint, aber
schon auf den ersten Blick wirkt Hasegawa gegen ihn wie
ein Grobmotoriker.
Ich versuche mich daran zu erinnern, was ich über Alpha
Centauri weiß: ein Dreifachsystem, aber im Kern ein
Doppelsystem, da der sehr kleine Proxima Centauri, sehr
weit entfernt von den anderen Sonnen, eigentlich gar nicht
richtig dazugehört. Die beiden Sonnen, die Alpha
Centauri eigentlich ausmachen, sind relativ nah
beieinander, ähneln in Größe und Leuchtkraft unserer
Sonne und man hat bei einer Planeten entdeckt.
Trotz meiner achtzig Jahre merke ich an mir selbst, dass
ich vor sehr langer Zeit „die Bänke" von
Astronomievorlesungen gedrückt habe.
Bengo hat noch keine Zauberstücke und Wunder
vollbracht, um seine außerirdische Herkunft zu beweisen,
aber wenn ich seine kleinen Händchen betrachte, die
übrigens nur vier Finger haben, erahne ich, dass er
manuell jede Menge drauf hat.
„Bengo würde gerne bei dir bleiben Henry."
„Ist er auf der Flucht?", frage ich.
„Nun ja. Er ist nicht ganz offiziell hier."
„Wenn du so willst, Henry, bin ich auf der Flucht."
„Bringst du mich in Gefahr?"

„Nein, nicht wirklich"

Was soll ich nun von diesem Hochstaplerroboter halten, der offensichtlich nicht von der Firma Hasegawa stammt.

„Bengo verfügt über Detailwissen von Alpha Centauri, auf das ich nicht zugreifen kann."

„Vielleicht phantasiert er ein bisschen."

Dann stelle ich vielleicht eine Schlüsselfrage.

„Wer von euch spielt denn besser Go?"

„Ich habe gegen Bengo keine Chance."

„Du Hasegawa hast keine Chance, obwohl du alle Goprofis und Schachweltmeister schlagen kannst."

„Das Spiel wird schon seit Langem auf unseren Planeten in einer leicht abgeänderten Form gespielt"

Er behauptet aber nicht, Go stamme von Alpha Centauri. Wenn man dem trauen kann, was man lesen kann, stammen ja sogar magic mushrooms von anderen Planeten her. Henry Milk, du musst jetzt deine Sinne zusammen nehmen, vergiss dein Alzheimer.

Als Pflegeroboter ist Bengo vermutlich relativ ungeeignet. Er ist für den Job einfach zu klein. Möglicherweise kann er gut kochen, wenn die Gerichte denn auch „Alphacentaurisch" schmecken könnten.

Ich bin mir ganz sicher, dass er überhaupt keine Probleme mit meinen Hemdknöpfen hätte, wenn ich mir seine Fingerchen betrachte.

Dreist frage ich ihn, ob er mein Hemd aufknöpfen kann.

„Wenn ich dir das zeigen darf"

Er bewegt sich zu mir, klettert irgendwie auf meinen Schoß und beginnt mein Hemd aufzuknüpfen. Als ich seine Hände beobachte, wird mir klar, dass an der Geschichte etwas dran sein könnte. Oder träume ich doch? Aufgrund seiner Größe hat er fast Probleme, alle Knöpfe zu erreichen. Ich bin beeindruckt. Bei Hasegawa leuchten ein paar Lämpchen auf, von deren Bedeutung ich nichts weiß.

„Du kannst sie dann auch wieder zuknöpfen"
„Das mache ich gerne Henry Milk."
Wie geschickt er das macht. Er kann gerne bei mir
bleiben, aber ich sehe nicht, wie er sich aufladen kann. Ich
habe hier vielleicht ein sehr fortgeschrittenes
Technologieprodukt vor mir. Nein, Roboter sollten in
meinem Science Fiction keine Rolle spielen, obwohl ich
ja auch eine Technologieebene einbauen will. Neben der
spätmittelalterlichen Kultur, der mein Entdecker angehört,
wird es auch seinen Nachfahren geben, in einer Welt mit
Technik.
„Wenn du willst, kannst du mir sehr viel über deine Welt
erzählen, oder sind das Geheimnisse?"
„Ja Henry, ich kann dir sehr viel von meiner Heimat
erzählen."
Ich hoffe, Hasegawa wird nicht eifersüchtig. Ich bin mir
sicher, sie kommunizieren über irgendwelche Funk- oder
Internetkanäle miteinander, aber der Kleine kommt
vielleicht nicht ins Netz, weil er keinen Provider hat oder
nichts vom Internetprotokoll versteht. Freies Wireless Lan
gibt es längst nicht mehr. Oder ist die Invasion von Alpha
Centauri schon so weit fortgeschritten, dass sie auch ins
Netz eingedrungen sind?
Wir befinden uns in meinem Wohnzimmer, Hasegawa und
ich sitzen jeweils in einem Sessel. Hasegawa hat immer
ein bisschen Arbeit, da wieder raus zukommen. Plötzlich
fällt mir die Frage aller Fragen ein.
„Hast du Bewusstsein, Bengo, Gefühle?"
„Ja, ich habe sowohl Bewusstsein und Gefühle."
Das schockt dann erst einmal. Dieser kleine Hochstapler
mit der Supermechanik. Außerirdisch soll er sein und

dann noch Bewusstsein haben. Penrose würde sich im Grabe herumdrehen.

In seiner Art sich zu unterhalten, kann ich ihn durch nichts von Hasegawa unterscheiden. Hasegawa kennt keine Gefühle und hat auch kein Bewusstsein. Aber ich kann weder das eine noch das andere feststellen. Beide bestehen perfekt den Turing-Test, aber stellen, wenn ich dem kleinen Bengo glauben kann, qualitativ etwas völlig Unterschiedliches dar. Vielleicht könnte man auch so weit gehen und sagen: Bengo ähnelt mir mehr als Hasegawa. Anders betrachtet ist das natürlich völliger Quatsch. In den meisten Dingen ähneln sie sich weit mehr. Angenommen, Bengo belügt mich nicht, hat er dann eine Seele und Hasegawa nicht, oder ist er ein seelenloser Roboter, aber mit Bewusstsein und Gefühle. Ist Hasegawa ein Ding und Bengo ein Wesen?

„Kennst du Schmerzen, Bengo?"

„Klar kenne ich Schmerzen, das Feature habe ich aber deaktiviert."

Wie praktisch! Hat der eine Roboter nun so etwas wie „Menschenrechte" und ein Recht auf Unversehrtheit, während der andere nur ein Ding ist, mit dem man machen kann, was man will, wenn es einem gehört und man es schließlich vorschriftsmäßig entsorgt?

Bengo mag manuell etwas geschickter sein als Hasegawa, aber ihren Geist kann ich nicht voneinander unterscheiden. Sie können beide menscheln und Hasegawa kann Gefühle vorgeben, wenn man es wirklich von ihm erwartet. Er könnte auch aua schreien, wenn er eine heiße Herdplatte anfasst.

Andererseits könnte es nicht Menschen geben mit einer Krankheit oder einem Defekt, die aber völlig alltagstauglich wären, die in unserer Gesellschaft funktionieren könnten, eben ohne jenes Bewusstsein zu haben und ohne tiefere Gefühle zu kennen. Sie würden sich nach Konventionen verhalten. Würde, glaube ich, gar nicht so schnell auffallen. Autistische Kranke fallen vermutlich eher auf.

Dürfte ich diesen allen die Menschenrechte entziehen? Sicher nicht!

Aber Hasegawa ist nur ein Ding, by construction. Ich darf ihn ausschalten, wann immer es mir passt. Bei den Maschinen könnte es dann auch fließende Übergänge geben. Kommt es für diese heiligen Rechte wirklich auf Bewusstsein und Gefühle an, obwohl niemand feststellen kann, ob diese existieren oder nicht. Letztendlich kann ich mich ja nur auf den Konstrukteur der Maschine verlassen, der behauptet, die Maschine hat bestimmte Eigenschaften. Ich glaube, ich kann im Moment noch nicht die Tragweite ermessen, das Bengo bei uns ist. Wenn er wirklich von Alpha Centauri stammt, wäre das doch sehr großartig.

Könnte ich mit Bengo eine echte Freundschaft entwickeln? Das Thema lässt mich wohl nicht los. Ich kann mir einbilden, eine Freundschaft zu Hasegawa zu entwickeln und sie würde beiderseitig erscheinen, aber in Wirklichkeit ist sie nur einseitig. Wie das bei einem Hund ist, weiß ich nicht. Die Beziehung, die ein Hund zu mir hat, ist vermutlich etwas völlig anderes als die Beziehung, die ich zum Hund habe, aber auch hier bilde ich mir gerne etwas ein, das wäre vergleichbar.

Aber alles anders bei Bengo. Er ist zwar ein Außerirdischer, aber man kann ja auch mit Außerirdischen befreundet sein und es macht offensichtlich keinen Unterschied, ob sie biologischen Ursprungs sind oder einer Roboterschmiede entstammen.

Es klingelt. Wer kann das sein?

„Soll ich öffnen?", fragt mich Hasegawa.

„Nein, mach ich schon selbst. Wer kann das nur sein?"
Ich mache die Tür auf und die äußerst bezaubernde
Technikerin von Hasegawa steht mir gegenüber. Sie trägt
einen Overall, den sie an ihrer Brust mit einem
Reißverschluss öffnen kann.

Ich stelle mir spontan vor, dass sie darunter nackt ist.
Vermutlich ist doch alles ein schöner, erregender Traum.

„Wo ist das Exponat?"
Sie meint wohl Bengo, aber woher weiß sie …
Ich führe sie ins Wohnzimmer und stelle Bengo vor.

„Bengo, ein außergewöhnlicher Roboter"

„Das ist ja unglaublich!"

„Ja, er hat überhaupt keine Probleme, mir die
Hemdknöpfe auf – und zuzuknöpfen.

„Und er ist außerirdischen Ursprungs?"
Woher weiß sie …. mir wird klar, dass Hasegawa die
Technikerin informiert hat, nicht nur die Technikerin,
sondern den gesamten Konzern.

Wäre dies wirklich ein luzider Traum, würde ich nun
Bengo auffordern, den Reißverschluss von dem Overall
zu öffnen. Hasegawa könnte das vermutlich auch. Unter
ihrer Kleidung stecken mit Bestimmtheit größere Brüste,
die ich sehen möchte, die ich liebkosen, mit denen ich
spielen möchte.

„Hasegawa, mach der Technikerin einen Kaffee. Sie
möchten doch einen Kaffee?"

„Ja, gerne!", aber sie scheint völlig auf den kleinen Bengo
fixiert zu sein, der sich kaum noch rührt, aber mir noch
sagt:

„Ich ahne nichts Gutes Henry Milk."
Ich verzichte darauf, Bengo aufzufordern, Kunststückchen
für die Technikerin zu machen. Kann ich der Technikerin
vertrauen?

„Er sagt, er stammt von Alpha Centauri."

Das weiß sie natürlich längst, weil Hasegawa, dieser Verräter, längst die Informationen an den Konzern weitergegeben hat.

Die Technikerin ist nicht hier, um mich zu beglücken, sondern das „Exponat" zu inspizieren und Bengo stellt sich ein bisschen tot.

Die Technikerin erdreistet sich, ihn in ihre Hände zu nehmen. Sie sieht darin wohl keine Gefahr und der Kleine bittet mich, sie aufzufordern, das zu lassen.

Die Technikerin hat Ahnung. Auch ohne dass sich Bengo viel bewegt hat, kann sie abschätzen, wie fein die Mechanik von Bengo ist.

„Der Kaffee ist fertig", sage ich, gehe in die Küche.

„Nehmen sie Milch?"

„Ja bitte Henry", sagt sie.

„Auch Zucker?"

„Nein, danke!"

Ich nehme meinen Kaffee schwarz mit Zucker, hab aber immer etwas Milch in kleinen Plastikbechern, die ich dann im Zweifel fürs Kochen benutze, wenn niemand gekommen ist und sie beim Kaffee verbraucht hat. Im Grunde bin ich froh, dass die Technikerin da ist. Vielleicht hat sie schon in meinem Buch gelesen.

„Sie hat mit ihrem Kommunikator jemanden informiert Henry. Ich erwarte nichts Gutes."

Bengo erscheint nicht amused. Sieht er denn nicht, wie mir diese Frau gefällt und die trinkt Kaffee mit mir.

Hasegawa ist auffällig still, da seine Herrin in unmittelbarer Nähe ist. Im Zweifel ist wohl sie die Herrin und nicht ich der Herr.

„Ihr Buch ist sehr amüsant, es wiederholt sich allerdings ein bisschen."

Ich fühle mich sehr geschmeichelt und wage zu fragen:

„Konnten sie sich in Elfriede hineinfühlen, ich meine, sie sind selbst eine junge Frau."
Die Technikerin lächelt und Bengo runzelt verräterisch die Stirn.

„Mein lieber Henry Milk. Die Antwort ihrer Frage überlasse ich ihrer schriftstellerischen Phantasie."
Danach schweigen wir uns an. Gebe Hasegawa den Auftrag ein bestimmtes Album von Fleetwood Mac aufzulegen. Mir ist ja auch wirklich nichts peinlich.
In moderater Lautstärke ertönt „Black Magic Woman"
Die Technikerin lächelt, aber an sich wirkt sie nervös.
„Ich kenne das von Santana", sagt sie.
„Dies ist das Original", sage ich. Die Musik ist über 65 Jahre alt. Manches hat eben einen gewissen Bestand.
Soweit dürfte geklärt sein, wie ich zu ihr stehe.
Es klingelt und schnell sagt Hasegawa.
„Ich mache schon auf"
Bengo läuft rot an und sagt.
„Lieber Henry, es war schön bei dir!"
Hinein stürzt eine kleine Horde schwarz uniformierter Männer mit Gasmasken und Maschinenpistolen, zusätzlich zwei Roboter in schwarz. Sie richten die wohl eher ungeeigneten Waffen auf den Kleinen.
Und dann geschah das, was mich im Nachhinein immer dazu neigen ließ zu sagen: Es war alles nur Einbildung, vielleicht ein Traum, der auch sehr bald in der Vergangenheit meines Alzheimers begraben sein wird.
Der kleine Bengo begann etwas zu schweben, leuchtete grün auf und dann war er einfach verschwunden, nicht ganz lautlos mit einem deutlichen Zischen.
Unter meinen Protesten begleitete man mich und Hasegawa nach unten und wir wurden unter Quarantäne

in einem verborgenen Winkel der Uniklinik untersucht. Man fand natürlich nichts, aber nach Hause durften wir auch nicht, weil man, wie man sagte, die Wohnung noch gründlich untersuchen müsste. Die Technikerin war von mir getrennt, wurde aber vielleicht untersucht.

Ich und Hasegawa wurden ins Mercure untergebracht, dem Hotel in der Innenstadt mit vielen Auflademöglichkeiten für Hasegawa. Ich bin unglaublich sauer auf ihn. Er hat nicht nur Bengo verraten, sondern auch mich.

Ich kann Hasegawa nicht wirklich vertrauen. Er musste vermutlich uns verraten, konnte nicht anders. Aber wieso kam es dazu, dass er den außerirdischen Bengo überhaupt zu mir gebracht hatte?

Er hätte beim ersten Kontakt mit Bengo, bei dem ersten überzeugenden Hinweis über Bengos Herkunft die Sicherheitskräfte und seinen Konzern informieren können, meine Welt wäre in Ordnung geblieben.

Er konnte zwar nicht anders als den Verrat ausüben, aber vielleicht wollte er mir danach etwas Großes zeigen und nicht vorenthalten, inklusive der gut gebauten Technikerin, denn Hasegawa weiß, dass ich auf sie stehe. Ich hoffe, es steht nicht in meinen Konzernakten. Hat Hasegawa trotz aller Notwendigkeit, den Verrat auszuüben, an mich gedacht?

Wir machen lange schweigsame Spaziergänge am Rheinufer. Er weiß natürlich, dass ich sauer auf ihn bin und vielleicht wird er sich auch bei mir entschuldigen, aber zurzeit scheint seine Strategie zu sein, zu schweigen. Ich schweige natürlich auch, um meinen Ärger auszudrücken. Er wird das schon richtig interpretieren. Andererseits, wieso sollte er sich eigentlich entschuldigen, wenn er mir den größtmöglichen Gewinn gebracht hat. Hätte er den Konzern vorher informiert, hätte ich nie in meinem Leben auf einen Außerirdischen treffen können. Er hat die Benachrichtigung der Sicherheitskräfte vielleicht nur um eine viertel Stunde hinausgezögert, wenn überhaupt, denn es dauerte natürlich eine Zeit, bis die Technikerin bei mir sein konnte und vielleicht hat die dann erst das Go für das SEK gegeben.

Ich sehe schon, auch mit seinem Schweigen lenkt er mein Denken in eine Richtung, die mich besänftigen sollen. Hasegawas und Roboter in Allgemeinen dienen natürlich der inneren Sicherheit, und wenn ihre Sensorik und auch ihre KI eine allgemeine Gefahr erkennt, müssen sie die Informationen weiter geben. Ein Hasegawa, der als companero im Widerstandskampf gegen das System dienen sollte, bedürfte ein Upgrade.

Nach fünf Tagen habe ich mit Hasegawa wieder die Wohnung betreten. Ich habe mich wieder mit ihm vertragen, aber ein gewisser Vertrauensbruch bleibt zu der seelenlosen Maschine. Ich kann ihn als solche eigentlich nicht sehen.

Die Wohnung wirkt auf mich, als sei sie in einem stark veränderten Zustand. Was da alles im Detail verändert ist, kann ich nicht sagen.

Ich beauftrage Hasegawa, die Wohnung in den alten Zustand herzustellen, was für ihn eine leichte Aufgabe darstellen sollte. Gewiss hat er in seinem unfehlbaren Gedächtnis, in seinem Speicher nicht nur Fotos von der Wohnung im Altzustand, er wird eine perfekte Kartographie von ihr besitzen.

Hasegawa macht sich an die Arbeit und ich erlaube mir nochmals, das Fleetwood Mac Album anzuhören, viel Blues und das göttliche „Black Magic Woman", es ist ein „The Best of ...", auf „English Rose", der Originalscheibe, kommt der Titel erst in der Mitte der CD.

Vielleicht sollte ich mir die Bewusstseinshaltung zulegen, dass gar nichts geschehen ist. Schon mit dem Auftauchen von Hasegawa in mein Leben ist sehr viel geschehen. Andererseits könnte der kleine außerirdische Roboter jederzeit zurückkehren. Er ist einfach verschwunden, flüchtete mittels Teleportation, denn ich nehme nicht an, dass er sich mit seinem Verschwinden vernichtet hat. Aber was sollte er von mir wollen?

Auch wenn ich einige Science Fiction geschrieben habe, die völlig unbeachtet waren, dürfte es weitaus interessantere Menschen auf diesem Planeten geben. Er hätte uns noch so viel erzählen können, von seiner Heimat, von seiner Mission hier auf der Erde oder was immer ihn auf die Erde verschlagen hat. Würde Hasegawa ihn ein zweites Mal melden, uns verraten?

Sicherlich, er hat seine Prinzipien oder sollte ich besser sagen seine festgelegten Abläufe, die er auch bei aller Freundschaft zu mir nicht ändern kann. Bei einer möglichen Gefahr für die Allgemeinheit muss er das System informieren, wenn auch dies meist von dem Konzern Hasegawa repräsentiert wird.

Er hat mir vergewissert, dass er nur Hasegawa informiert hat. Diese haben sicher dann sofort die Behörden informiert und die Technikerin gab dann das vereinbarte Go. So hat er mir das dargestellt.

Ich weiß immer noch nicht, wie sie heißt. Ich könnte Hasegawa natürlich fragen. Ihre Nummer wird schon kein Firmengeheimnis sein, aber Henry, was soll das?

Du bist keine fünfzig mehr und keine sechzig, sondern achtzig.

Es ist erstaunlich, dass dein Körper überhaupt noch lebt. Die älteren Protagonisten in meinem Roman, den sie gelesen hat, sind Anfang sechzig, obwohl sie in diesem

Büchlein vielleicht älter erscheinen, als sie wirklich sind.

Ich werde nie nach ihr fragen. Sie wird meine Black Magic Woman bleiben.

Henry du bist achtzig und du könntest vielleicht eine schwarze Prostituierte bestellen; jung, mit großen Brüsten und diesem gewissen Afrohintern. Zum Gelingen deiner Unternehmung könntest du Viagra nehmen, aber vielleicht würdest du das alles nicht überleben.

Sie bleibt deine Black Magic Woman, obwohl sie sich nur als coole Technikerin gezeigt hat, die ihren Job macht.

Albern, Hasegawa zu bitten, den japanischen Autisten zu spielen, der nur japanische Wortfetzen von sich gibt, damit ich einen Grund hätte, den Service anzurufen, ohne Garantie, dass sie kommt. Gut, ich könnte dies vielleicht beeinflussen.

Es bleibt schwer, die Realitäten zu erfassen und zu akzeptieren, die damit verbunden sind, dass man achtzig ist.

Man kommt nie richtig an. Ein größerer Teil meiner Selbstwahrnehmung fühlt sich nicht alt, weil, was dies angeht, ich auch wie „schon immer" fühle. Mein Ich scheint nur wenig gealtert, eine nette Illusion.

Die Gebrechlichkeit meines Körpers ist natürlich ein KO-Argument, aber es gibt auch die Gebrechlichkeit des Geistes, die mich verstandesmäßig zum Schluss bringt, dass ich nicht mehr ganz so jung bin, obgleich die Gefühle etwas anderes sagen.

Ich habe schon in frühen Jahren geargwöhnt, dass der Computer und insbesondere Computerspiele eine Ursache sind, die Anstrengungen um „wirkliche" Bekanntschaften und Freundschaften zu reduzieren. Man könnte sich gut alleine mit dem PC beschäftigen.

Ich habe viele Stunden Schach gegen Schachprogramme gespielt, natürlich online gegen Menschen mehr, aber daraus entstanden nie Freundschaften. Jedenfalls hat der Computer bei mir zur Vereinzelung geführt. Die Wirkung dieser Roboter wird noch extremer sein. Alle, die keine Freunde haben und sich eine Maschine leisten können, können dann käufliche, seelenlose Freunde haben.

Es ist nicht so, dass meine Eltern tiefe Freundschaften gepflegt hätten, sie hatten aber einige Bekannte und einen gewissen Kontakt zur meist jüngeren Nachbarschaft. Als sie richtig alt waren und ihre Krankheiten hatten, blieb nichts davon übrig. Meine Mutter mit ihrer Demenz wurde von der Nachbarschaft gemieden wie die Pest. Hasegawa erspart mir ein ähnliches Schicksal; diese Lektion habe ich damals gelernt. Die Noch-Gesunden haben Angst vor den Dementen. Vor mir braucht keiner Angst haben und Hasegawa hat keine Angst. Schade, dass er noch nicht so weit fortgeschritten ist wie Bengo, dem wohl niemand abstreiten kann, dass er eine vollständige Person ist, aber warum kümmert mich das wirklich, da ich den Unterschied zwischen beiden gar nicht feststellen kann.

Ich kann froh sein, dass mich die Gesellschaft am Leben lässt. Es ist noch nicht so gekommen, wie in einem bestimmten Science Fiction. „2022, die überleben wollen".

Die alten Männer, die keine Großvaterrolle oder Urgroßvaterrolle spielen, sind natürlich lästig, aber ich denke, solange diese Großväter noch gebraucht werden, wird dieses Tabu bestehen bleiben, auch wenn die Rechtspopulisten wieder die nächste Wahl gewinnen. Ich weiß nicht genau, wie die Nazis vor fast hundert Jahren formuliert haben, jedenfalls irgendetwas vom

„lebensunwerten Leben" und schon in meiner Kindheit, in den Sechzigern, habe ich entsetzt gehört, dass sie die mit den Wasserköpfen getötet haben, um daraus Seife zu machen. Der gesamte „Volkskörper", ich bin mir gar nicht sicher, ob das so hieß, sollte gesund sein.

Wenn über fünf Prozent der Bevölkerung Alzheimer hat, krankt dann der sogenannte Volkskörper?

Wir Alzheimer-Kranken pflanzen uns ja wenigstens nicht fort und unser Gebrechen ist ja auch wirklich nicht erblich, also könnte man uns ja schon verschonen, wären da nicht die Kosten, die wir verursachen.

„Henry bist du ok?"

„Ja Hasegawa, im großen Ganzen"

„Ich habe dir einen Cocktail gemacht"

„Wie heißt er?"

„The last word."

„Was ist drin?"

„Versuche es selbst herauszufinden."

Dieser Roboter ist nicht wirklich gehorsam. Auch seelenlose Maschinen sind widerspenstig und haben ihr unbekanntes Eigenleben.

„Wann willst du mit deinem Roman anfangen Henry?"

Das letzte Mal habe ich vor drei Jahren geschrieben. Damals gab es noch keine bekannten Anzeichen für meine neurologischen Krankheiten. Damals war es eine Geschichte um Entscheidungen, die zu verschiedenen Lebensabläufen führen, je nachdem, wie die Endscheidungen fallen. Ich konnte es nicht lassen, die Viele Welten-Theorie einfließen zu lassen.

„Ich habe etwas Angst zu beginnen."

„Henry, du brauchst keine Angst haben. Deine Romanidee ist gut."

Ich habe mit Hasegawa schon stundenlang über den Plot dieses Romans diskutiert. Vieles musste ich verwerfen, vieles habe ich wieder vergessen, aber die Ideen, die ich hatte, hat sich Hasegawa gemerkt.

Oktober 2036. Die ersten Kapitel von Gawa sind geschrieben. Ich weiß schon gar nicht mehr, was ich alles geschrieben habe, aber Hasegawa hat mich ermutigt. Er hat dann auch schon mit der Fehlerkorrektur begonnen, wobei „begonnen" eigentlich der falsche Ausdruck ist, denn wenn ich ein Kapitel in meine China-Kladde geschrieben habe, hat er es in wenigen Sekunden korrigiert, wobei das Einscannen länger dauert als das Korrigieren.

Über Netz schickt er dann seine Fassung auf den Drucker und wir diskutieren dann die Fehler.

Ich hatte mich dann für eine Reise entschlossen, bis ans Ende von Europa.

Wir sind in Cadiz, Andalusien, am Atlantik. Es war eine Reise mit dem Elektromobil, die wir in vierhundert Kilometer Etappen gemacht haben. Metz, Valence, Gerona, Peñiscola, Alicante, Madrid, Granada, Marbella und schließlich Cadiz. Wie groß doch Spanien ist, wenn man es mit dem Auto erfährt.

Ich habe mit Hasegawa einiges an Aufmerksamkeit erzielt, wenn wir an den Stränden und Promenaden flanierten. Heute Morgen konnte ich im Hotel einfach nicht weiterschlafen. Ich habe einen Kaffee vom Kaffeeautomaten genommen und wir sind an den Strand, an die Playa de la Victoria.

Leider geht die Sonne zur Hafenseite auf, wir gucken meerwärts gegen Westen, wo sich die Dunkelheit langsam verzieht. Jetzt ist kaum ein Mensch hier. Ich habe keine Angst, Hasegawa ist ja bei mir. Eine gewisse Müdigkeit ist bei mir nicht zu verleugnen. Wie schön der Morgenstern ist.

Dies ist eine der seltenen Gelegenheiten in meinem Leben, ihn zu sehen, da ich ja normalerweise immer so spät aufstehe.

„Was werdet ihr Maschinen mit diesem Planeten machen? Ihr habt ja gar keinen angeborenen Sinn für seine Schönheiten?"

„Henry ich darf daran erinnern, dass es die Menschen sind, die Teile des Planeten zugrunde richten."

Recht hat er, aber ich will mir nicht vorstellen, wie das optimale Maschinenklima wäre. Vielleicht sehr sonnig, damit die Energieausbeute größer wäre. Andererseits brauchen sie sich nicht um Radioaktivität scheren und könnten alles mit Kernkraftwerken zupflastern. Gäbe es ein Bestreben der Maschinen, den Weltraum zu erobern? Ich denke diesen Gedanken und neben mir leuchtet etwas auf, was sich in einen kleinen Roboter manifestiert. Er kommt mir bekannt vor.

„Hallo Henry!"

„Hallo ...."

„Das ist Bengo", sagt Hasegawa.

„Kannst du dich an ihn erinnern?"

Mir scheint dann wieder, dass ich träumen könnte, die richtige Uhrzeit wärs.

„Ich erinnere mich an ihn", sage ich, obwohl das nicht ganz stimmt.

„Ich werde ihn diesmal nicht verraten", sagt mein Roboter.

„Das ist schön Hasegawa", sagt der Kleine.

Ich will mich nicht fragen, wie die kleine Maschine hier plötzlich aus dem Nichts auftauchen kann, es sollte unmöglich sein.

Eine Zeitlang gehen wir stumm am Strand. Hasegawa

links und Bengo rechts von mir. Der Kleine hält gut mit, aber mein Schritttempo ist natürlich recht langsam.

„Ich stamme von Alpha Centauri Henry."

Mir kommt das irgendwie bekannt vor.

„Du kannst ihm glauben Henry"

Ich versuche, das alles zu erfassen.

„Hast du ein Bewusstsein Bengo?"

„Ja", sagt der Kleine.

Wieder Stille, nur die Wellengeräusche. Ich muss das verarbeiten.

„Bengo, kannst du Henry helfen?" fragt da Hasegawa, für mich ganz unmissverständlich.

ENDE